U0626304

中國文學史簡編

陸侃如　馮沅君　著

貴州出版集團
貴州人民出版社

圖書在版編目（CIP）數據

中國文學史簡編 / 陸侃如，馮沅君著 . -- 貴陽 : 貴州人民出版社 , 2024. 9. -- ISBN 978-7-221-18609-6

Ⅰ . I209

中國國家版本館 CIP 數據核字第 2024UP0210 號

中國文學史簡編

陸侃如 馮沅君 著

出 版 人 朱文迅
責任編輯 馮應清
裝幀設計 采薇閣
責任印製 衆信科技

出版發行 貴州出版集團 貴州人民出版社
地　　址 貴陽市觀山湖區中天會展城會展東路 SOHO 辦公區 A 座
印　　刷 三河市金兆印刷裝訂有限公司
版　　次 2024 年 9 月第 1 版
印　　次 2024 年 9 月第 1 次印刷
開　　本 710 毫米 ×1000 毫米 1/16
印　　張 18.75
字　　數 113 千字
書　　號 ISBN 978-7-221-18609-6
定　　價 88.00 元

如發現圖書印裝質量問題，請與印刷廠聯繫調換；版權所有，翻版必究；未經許可，不得轉載。

出版説明

《近代學術著作叢刊》選取近代學人學術著作共九十種，編例如次：

一、本叢刊遴選之近代學人均屬于晚清民國時期，卒于一九一二年以後，一九七五年之前。

二、本叢刊遴選之近代學術著作涵蓋哲學、語言文字學、文學、史學、政治學、社會學、目録學、藝術學、法學、生物學、建築學、地理學等，在相關學術領域均具有代表性，在學術研究方法上體現了新舊交融的時代特色。

三、本叢刊遴選之近代學術著作的文獻形態包括傳統古籍與現代排印本，爲避免重新排印時出錯，本叢刊據原本原貌影印出版。原書字體字號、排版格式均未作大的改變，原書之序跋、附注皆予保留。

四、本叢刊爲每種著作編排現代目録，保留原書頁碼。

五、少數學術著作原書内容有些許破損之處，編者以不改變版本内容爲前提，稍加修補，難以修復之處保留原貌。

六、原版書中個别錯訛之處，皆照原樣影印，未作修改。

由于叢刊規模較大，不足之處，懇請讀者不吝指正。

目録

上編

下编

中國文學史簡编

中國文學史簡編

陸侃如
馮沅君
合著

開明書店印行

民國廿一年十月大江初版發行
民國廿七年七月開明三版發行

實價國幣八角
（外埠酌加寄費）

"中國文學史簡編"

＊

有著作權不准翻印

有著作權不准翻印

編著者 陸侃如 馮沅君
發行者 上海福州路開明書店 章錫琛
印刷者 開明書店

總發行所 上海福州路 電報掛號七〇二五六四八 開明書店

分發行所 廣州惠愛東路 重慶西三街 桂林環湖西路 天津卄號路 漢口交通路 長沙南陽街 開明書店分店

(146p.)

序例

這部中國文學史簡編是我和沅君這幾年來在中法大學，中國公學，安徽大學，師範大學，北京大學等處講授中國文學史時的講義。全書計分上下兩編，每編分十講，共二十講，約十萬字。大體說來，上編是我寫的，下編是沅君寫的；但上編中有一部分是沅君寫的，下編中也有一部分是我寫的。

因爲是講義稿，所以本書同一般著述略有不同：一，爲講授便利計，各講分量須相等，故同一題材有分爲兩講或三講的。二，爲節省篇幅計，全書舉例僅書某文某詩的標題而不引其原文。（只有第一講插入卜辭及金文二照片，因坊間不易購得原書故）。三，爲初學明瞭計，對各問題只說個較可靠的結論，而不去詳加考證，（講授時可另加說明）。

我們所抱歉的是，書中未能依新的方法來寫，材料方面也多缺陷。重違大江書舖百科文庫之約，大胆的把牠出版。種種不滿意處，只好留待將來補正，雖然我現在『改行』不治文學了。

陸侃如記於巴黎 Toullier 路八號，

時一九三二年，八月，二十八日。

中國文學史簡編目次

上編

上編

第一講　中國文學的起源

中國文學的起源，是不容易講的。一來因爲眞的材料太少，二來也因爲僞的材料太多。我們現在先把僞的材料加以辨明，其次再從眞的材料中試探一下中國原始作品的情狀。

* * * * *

僞作的辨明，分散文韵文兩部分。古代的散文，嚴可均輯的很多。如伏羲的

「教」，神農的「占」之類。這些單篇的古散文，其僞託是不待細論的。單篇以外，整部的書也不少，如三皇的三墳，黃帝的陰符之類。但是這些書的不可信，也是人所共知的。所以現在我們只選兩部爲一般人所共信的書來作一番簡單的說明。

一是今文的虞夏商書。尙書一書在時期上分虞夏商周四代，在來源上分古文今文兩種。古文的虞夏商周書之僞，早經從前學者證明，無庸贅論。今文的虞夏商周書，近人也頗有懷疑的。今文周書是否全僞？抑尙有一部分是眞作？這是個不易解決的問題，我們留待後文討論。至於今文虞夏商書之僞，則似不成問題。今分別說明於後：

（1）虞書。——今文虞書共堯典（包括舜典）及皐陶謨（包括益稷）兩篇。這兩篇稱「謨」稱「典」，且開端都說「曰若稽古」，顯然是後人的口吻。

堯典疑點尤多，其重要者爲：一，卜辭只其『十三月』而無『閏』字，此篇何得有『以閏月定四時成歲』之句？（馬衡說。）二，近代考古學者證明商代器具尚多石製，堯時何得有『金作贖刑』之事？（梁啓超說。）三，『蠻夷猾夏』乃春秋時的成語，且以『夏』指中原須夏代以後方可。（梁啓超說。）四，『宅南交』之南交卽象郡，秦以後始與中原交通。（顧頡剛說。）而且皐陶謨之生前稱帝，也與卜辭金文之生前稱王不合。（余永梁說。）故我們決不能據牠們來講古代散文。

（2）夏書。——今文夏書共禹貢及甘誓兩篇。禹貢的重要疑點爲：一，『厥貢璆鐵銀鏤砮磬』一句中的『鐵』『鏤』等字，非夏時所能有。（丁文江說。）二，篇中又有『荊及衡陽惟荊州』之句，其實則春秋時楚地尚南不過洞庭。三，西蜀在秦惠王時尚是『戎狄之長』，禹時何得有『華陽黑水惟梁州』之文？總之，禹治水的傳說既不可信，而九州之分更是後代的擬議。此篇建立在這兩點上，當然是不可靠。甘誓則有『六卿』及『五行』，其文句又與牧誓needed同，所以也不可信。

(3)商書。——今文商書篇數較多，我們不能在此詳論，然其不可信則很明顯。例如第一篇湯誓，文句與牧誓一樣，當與甘誓同為偽作。又如一般人所最相信的盤庚，第一句卽說『盤庚遷于殷』；但我們知道卜辭是稱商不稱殷的，故可知其偽託。餘如西伯勘黎與微子也都有『殷』字，可類推。

由此可知，我們若據這幾篇來講散文的起源，便是『非愚卽誣』了。

二是山海經。此書共十八篇，相傳為禹益所作，相信的人頗多，而一般辨偽的人也不大注意牠。據我們研究的結果，知道牠是三個時期陸續湊成的。今分別說明於後：

(1)山經五篇。——這是戰國時作的。最重要的證據有二：一，篇中言『鐵』之處極多，而鐵器之盛行實始於晚周。二，篇中又言及『郡縣』，這也不是春秋以前所能有的。

(2)海外內經各四篇。——這是西漢時作的。最重要的證據有二：一，篇中有『文王』及『夏后啓』字樣，決非禹益作。二，篇中多西漢地名，如『朝陽』『彭澤』之類。

(3)大荒經四篇與海內經一篇。——這是東漢以後作的。最重要的證據有二：一，篇中有漢代地名，如『長沙零陵』之類。二，漢志著錄只十三篇，顯然未見這末五篇。

雖然此書非一時所作，然決不能代表夏代散文却是很明顯的。

其次，我們討論古代的韵文。馮惟訥詩紀所輯的『古逸』，篇數很多。但周代以前的幾篇，如堯的神人暢。舜的南風歌，禹的襄陵操，湯的桑林辭之類，可說全係僞作；或因所據的書不可信，或因有模仿周詩的痕跡，或因詩中的史蹟非周代以前所有，故均不可信。現在我們所要特別提出來講一講的，是詩經中的商頌。毛序認爲商詩，一般人信此者甚多，實屬大誤。其較重要的僞證有五：

（1）國語傳語及史記宋世家均認商頌爲宋國的樂章，（約當戴公或襄公時，正考父是『校』者或『作』者），與毛序不合。

（2）商頌的字句如『自古』『在昔』『先民』『湯孫』之類，不像商人祭近祖的口吻，倒像宋人祭遠祖的語氣（魏源說。）

（3）商頌有景山伐木以造宗廟之事。景山在宋都商邱附近，而距商都殷虛朝歌則甚遠，可見所詠者乃宋廟而非商廟。（王國維說。）

（4）卜辭稱商不稱殷，商頌則殷商錯出；卜辭稱湯爲太乙，商頌則稱爲烈祖或武王。這些歧異是很可疑的。（王國維說。）

（5）商頌字句與周詩雷同者很多，如「昭假遲遲」，「有截其所」，「時靡有爭」，「約軝錯衡」等是。（王國維說）

所以商頌實為宋詩而非商詩。我們幷且可以大膽的說，一切周以前的韵文都是可疑的。

* * * * *

以上我們把僞的材料辨明了，下文便要據眞的材料來推測文學起源的情形。我們推測的根據有二：一是卜辭，一是金文。

卜辭乃是商人在龜甲獸骨上所刻的貞卜文辭。當光緒二十四五年（西歷一八九八——九九年）間，河南彰德西北小屯的農民，在種田時無意中發掘了許多甲骨。經劉鶚孫貽讓王國維羅振玉諸人的收藏與研究，甲骨出土愈多，而甲骨上所刻的卜辭在學術上的貢獻亦愈大。他們考定這些卜辭的時代大約是從盤庚至帝乙。盤庚相傳在西曆紀元前一四〇一年即位。帝乙相傳在前一一五五前去位。古代文學既多僞作，我們要據卜辭來考察這二三百年中有無文學的眞的痕跡。這一方面，我們分兩項去說明：

一是卜辭與詩歌的關係。詩歌是怎樣發生的？畢夏（Rucher）在勞動與韵律裏說，最初的詩歌是與勞動和音樂緊合着的。布哈林（Bukharin）在歷史唯物論裏也說，舞蹈音樂與詩歌是藝術最古的形態，三樣是溶合在一起的。卜辭中雖無詩字，然多樂字與舞字。樂字作「𣡕」。羅振玉說，「从絲附木上，琴瑟之象也，或增白以象調弦之器。」此外樂器尚有「鼓」「磬」「言」「龡」「龢」等，由此可見商樂已很精工了。舞字作「𡗜」。王襄說，「象人兩手執旄尾而舞之形，爲舞之初字。」他處言舞者尚多，可證商舞是很興盛的。這二三百年中既然舞蹈而樂精，定有許多舞歌和樂章的，可惜現在都失傳了。

二是卜辭與散文的關係。卜辭雖可藉以考出當時社會的政治的經濟的一切狀況，然牠本身並無文學的意味是很顯然的。而且每段的字句極短，更不能作研究作風的材料。不過其中也偶有較長的，未嘗不可當作原始的散文看。例如：

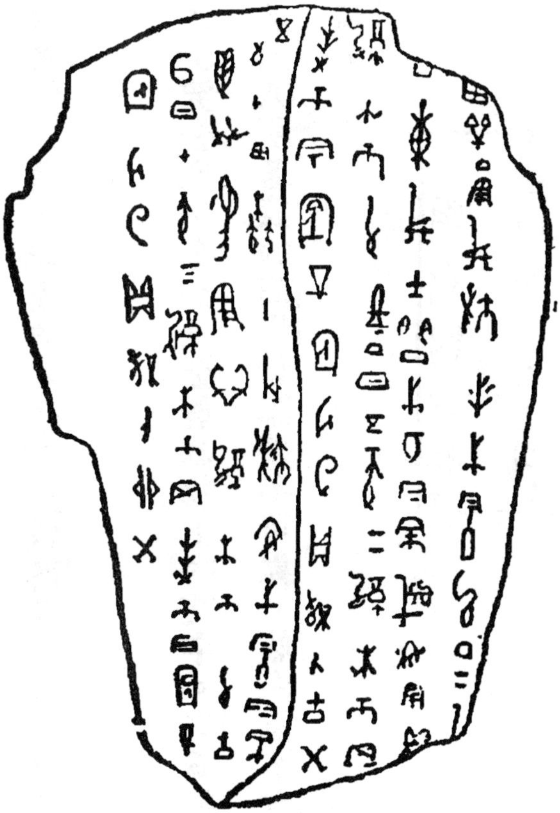

此見殷虛書契精華第二葉，記土方與邛方侵伐商人之事，實爲原始的敘事散文之一例。

其次，我們研究金文。金文是金屬器物上的文字。商爲新石器時代的末期，金石並用；雖然前人所著錄的商代銅器多不可靠，然未嘗不有少數眞品。例如殷文存裏的戊辰彝：

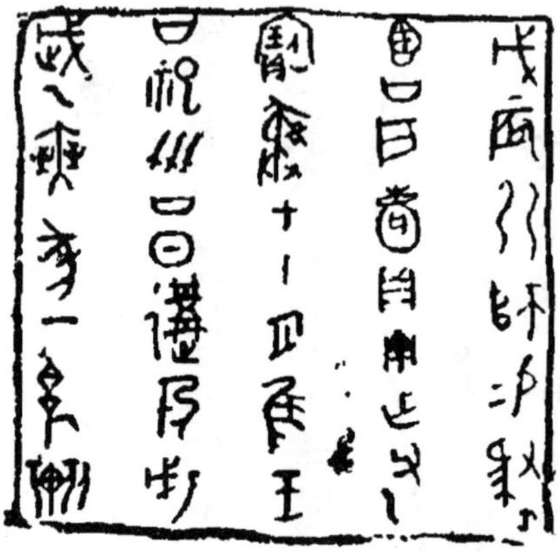

這裏記日（戊辰）在記月（『在十月』）之前，而記年（『惟王二十祀』）則在最後，與卜辭文法相同。以戊辰日祭妣戊，又稱『劦日』，亦與商制相合。這是可信的。餘如薛尚功所收『乙酉父丁彝』『己酉戌命彝』『兄癸彝』等，吳式芬所收『艅尊』『王宜人甗』等，也還可信。（馬衡說。）我們拿這些銅器上的文句來和上文所引較長的卜辭合看，便可明瞭中國散文起源的狀況了。

* * * * *

至此，我們已經知道：一，現存周以前的散文如虞書之類皆偽；二，現存周以前的韻文如商頌之類亦偽；三，從殷虛卜辭所記舞與樂的情形知道那時必有許多已佚了的歌辭；四，從商末金文及較長的卜辭知道原始的敘事散文業已產生。下文我們便要研究商以後的幾個古民族的文學。

第一講終

第二講　古民族的文學(上)

中國的文學史，應該託始於周民族。原來中國古民族是很多的，但文獻可徵的，却只有四個民族，即商周楚秦是。商民族的卜辭與金文，雖能藉以推測文學起源的情狀（如上文所論述的），但嚴格講來還不能算文學的作品。故我們現在講古民族的文學，只周楚秦三者，而先講周民族。

*　*　*　*

周民族的文學在性質上可分韻文與散文，在時代上可分前期與後期。現在先述前期的韻文，即詩經裏的周頌與二雅是。周頌共三十一篇，牠們不但是詩經中最早的部分，而且是現存中國文學中最早的作品，其時代約當西曆紀元前十一世紀。內容方面可分爲三部分：

(1)舞歌。——周頌中的舞歌有兩種：一爲象舞，一爲武舞。維清一篇卽屬象舞，是頌文王的。武舞則有六篇，其五篇是武，酌，桓，賚與般，還有一篇則已亡佚，都是紀念克商的功績的。

(2)祭歌。——祭歌中一部分是祭祖先的詩，如思文祀后稷，淸廟與維天之命祀文王，昊天有成命與噫嘻祀成王之類。又一部分是與祭祀有關係的，如有瞽述祭時音樂，潛述祭時的魚之類。

(3)雜詩。——周頌本以舞歌祭歌爲主，此外還有些關於農業的詩如載芟與良耜，警戒的詩如烈文與敬之，居喪的詩如訪落與小毖，留客的詩如振鷺與有客之類。

但是牠們在文學上的價值是很低的。呆板的堆砌，抽象的教訓，浮淺的贊頌，充塞於字裏行間，使讀者不感興趣。其中藝術較高的，要推載芟與良耜中敍農家生活的幾段。這種生動的描寫是很難得的。

雅的興起略遲於頌。大雅共三十一篇，其年代很難考知：就可考者言，大都是在西周中年或晚年，約當前十，九世紀。小雅現存七十四篇，年代以厲宣幽平四朝爲多，以約當前九，八世紀。這百零五篇的內容大約可分六種：

(1)祭祀的。——如大雅的文王及小雅的楚茨等。

(2)祝頌的。——如大雅的棫樸及小雅的天保等。

(3)燕飲的。——如大雅的旣醉及小雅的常棣等。

(4)諷刺的。——如大雅的桑柔及小雅的北山等。

(5)敍事的。——如大雅的生民及小雅的出車等。

(6)抒情的。——大雅中沒有這類作品，小雅中很多；有些與政治有關係的如漸漸之石等，有些與政治無關係的如隰桑等。

前三種作品之在大雅中者，文學的技術最劣。牠們祭祀的作品也不過是祝頌的意思，而這些祝頌是抽像的，浮泛的，沒有內容的。牠們燕飲的作品是形式的，不生動的，沒有懇摯的表情的。至小雅中的這三種詩卻不少佳作。楚茨甫田等四篇是祭農神的，其寫田家生活是何等的動人。燕飲的作品都顯示極懇摯的情誼，而祝頌的作品也都有具體的比喻和瑣屑的描寫作陪襯，使讀者可得個深刻的印象。二雅中諷刺的作品則互有優劣；大雅中的幾篇，優點在結構謹嚴，而劣點在教訓意味太重；小雅中的幾篇，優點在表情沉痛，而劣點在沒有含蓄。敘事的幾篇乃是二雅中最值得注意的作品。若把牠們聚合起來，可成個大規模的『周的史詩』，使後代讀者尙可想像古英雄的氣概。至於抒情的作品，卻是小雅所特有的。或寫亂離中的痛苦，或寫喪親後的怨哀，或寫失戀時的感傷，都極纏綿悱惻，沉痛動人之致。

次述前期的散文，卽今文周書與易卦爻辭是。今文周書篇數很多，除秦誓爲秦民族的產品外，其餘亦不下一二十篇。其中僞作極多，近來頗有全盤推翻的趨勢。卽使我們謹愼一點，至少前三篇——牧誓，洪範與金縢——總可說是僞作。牧誓相傳爲武王時作，而其結構與東周的秦誓費誓類，而且『是崇是長』與『如虎如貔，如熊如羆』等句亦和國風（山有樞，小戎，破斧等）與大雅（常武，卷阿，雲漢等）句法相同，所以是很可疑的。洪範僞證更多：一，皇訓君，始於戰國（王國維說）；二，五行之說亦起於戰國（顧頡剛說）；三，『恭作肅』一段抄小雅小旻，『無偏無黨』一段抄墨子兼愛下所引周詩（劉節說）。至於金縢，其敍事之矛盾，虛字之晚出（如『於』『斯』等字），更不足置辯了。餘如康誥酒誥及多士多方等十餘篇，也都在存疑之列。其比較可信者，當推西周的大誥與東周的費誓，我們可據以考知周民族前期散文的狀況。大誥舊說是成王時爲三監及淮夷的叛亂而作，不知確否。篇中全是警戒百官之辭。就文學的觀點言，這是一篇極幼稚的作品。前後重疊的地方很多，例如：

(1)『天降割』，『天降威用』，『天降威』，『天降戾』，等等。

(2)『格知天命』，『替上帝命』，『迪知上帝命』，『天命不易』，等等。

(3)『甯武圖功』，『甯考圖功』，『甯王圖事』，『圖功攸終』，等等。

這種沒有組織的缺點，在原始作品裏是常見的。費誓時代較晚。舊說是伯禽時爲淮夷及徐戎的叛亂而作。這是錯誤的，牠實爲魯僖公時的作品，其證據是：一，古稱『郤方』（如周初的公伐郤鼎）而此稱『徐戎』；二，篇中連說『無敢……』與兮甲盤銘（西周末）的『毋敢……』相同；三，左傳與魯頌都記僖公伐徐事，與此篇合（均余永梁說）。所以，此篇時代較大誥遲至四百年之久。雖然在技術上尙無顯著的進步，但是條理却比較淸楚得多了。牠首述淮徐作亂，勉國人戒備，繼則『約法三章』——這樣你便得『常刑』，那樣你便得『大刑』。這可證明古散文距成立之期不遠了。

易卦爻辭也是較早的散文之一。今本周易有經傳兩部分，經卽卦辭與爻辭，傳卽十翼（彖辭上下，象辭上下；繫辭上下，文言，序卦，說卦及雜卦）。十翼相傳爲孔子作，其僞久經論定（如歐陽修，葉適，姚際恆，崔述等）；我們所要討論的，是在卦辭與爻辭。關於八卦與六十四卦的傳說，大都荒謬可笑：卽關於卦辭及爻辭，其作者與時代也都待考。我們對於卦爻辭的時代的假定是：擬始於周初而寫定在東周。易始於周初的證據，重要者有二：一，所含史蹟多係商末周初者，如帝乙（泰及歸妹），箕子（明夷），康侯（晉）之類；二，社會背景與卜辭極相近，漁牧較耕稼爲盛，女性尙在中心地位（郭沫若說）。至於東周時寫定之說，似未有人注意到。我們如此假定，證據有二：一，春秋時尚無定本，觀左傳所引與今本異可知；二，辭句多與東周文字相似，有似小雅者（如『或潛在淵』『王用出征』等），有似國風者（如『繫于苞桑』『大車以載』等），有似論語者（如『屯如邅如』『賁如濡如』等。這一點是很自然的。我們知道易經並不是古聖王說教的著作，而是民間迷信的結晶，從起源到寫定當然需要幾個世紀。這些迷信的作品，與近代之『觀音籤』『牙牌訣』極相近，既談不到哲理，更談不到文藝。然而在六十四卦的卦辭及三百八十四爻的爻辭中，也未嘗不偶有一二寫得很好的。例如小畜及震的卦辭，又如睽上九及中孚九二的爻辭之類，或寫景如畫，或表情深刻，都可為古代文學漸漸進步之徵。

* * * * * *

前期的文學略如上述，現在要述後期的作品了。我們先就後期的韵文——即詩經裏的國風與魯頌——加以論列。國風原有十五，但二南是獨立的（詳後）故縮爲「十三風」（讀風偶識即標此題）了。近王國維創邶鄘二風「有目無詩」之說，於是又縮爲「十一風」（中國詩史如此標題）。但這十一風中秦陳二風不屬周民族（詳後），故我們在這裏只研究九國風。若以作品時代先後來排列，這九國風的次序是：豳，檜（以上西周末年的詩），王，衞，唐（以上東周初年的詩），齊，魏，（以上春秋初年的詩），鄭，曹（以上春秋中年的詩）。今依次略述如下：

（1）豳風七篇。——舊說豳風與周公的關係都是誤會，例如鴟鴞實是一首禽言詩，東山也是一首「別賦」，與政治均無關係。其中七月描寫農家生活，最稱傑構。

（2）檜風四篇。——檜風不甚出色，只是其中一篇素冠却是首極妙的言情詩，舊說附會喪禮者非。

(3)王風十篇。——王風多亂離之作，如黍離，兎爰之類。此外還有幾篇好的言情詩，爲君子于役，中谷有蓷，采葛，大車等都是。

(4)衞風三十九篇。——衞風向與鄭風並稱爲淫，實則衞風情詩不滿十篇，且谷風伯兮等篇的態度大多很莊重。中國最早女詩人許穆夫人的作品卽在衞風中，尤值得我們注意。

(5)唐風十二篇。——唐風裏大都是不健全的思想，如蟋蟀及山有樞等。其言情詩亦多悲音，只有一篇綢繆却是寫幽會時的喜悅的。

(6)齊風十一篇。——齊風雖不以言情著稱，然其中頗多艷詩，如雞鳴便是首寫幽會的佳作。而甫田及東方之日之類也都是朱熹所謂『女惑男之語』。

(7)魏風七篇。——魏風在國風中頗特殊，牠是以政治的諷刺爲主的；如爲屨，園有桃，伐檀等，幾乎篇篇都是好詩。

（8）鄭風二十一篇。——鄭風以『淫』著稱，却也名副其實。其中大部爲女子主動的（如褰裳及狡童之類），用男子口吻者佔少數（如野有蔓草及出其東門等），亦間有男女對話的（如東門之墠及溱洧等）。

（9）曹風四篇。——曹風在國風中與檜風同樣的不佔重要位置，篇數既少，又無精采。

風字本訓『牝牡相誘』，故國風多寫兒女閒情。在技術方面較雅頌爲進步是很顯然的，一般讀詩經者大都喜讀國風便是明證。這一半因爲時代較晚，一半也因爲題材較爲適宜。周民族韻文的發展，這是最後的一步了。

其次講到魯頌。魯頌在三百篇中最爲晚出，而其作者與時代則今古文之說互異。韓詩章句說是奚斯作的，而毛序却說是史克作的。奚斯與僖公同時，而史克則卒於襄公六年，相距七八十年之久。段玉裁認爲閟宮是奚斯作的，駉是史克作的。魯頌僅四篇，可分成兩部分。泮水與閟宮體裁近雅；以鋪敍爲主：有駜與駉體裁近風，以咏嘆爲主。但就文學的技術上講，既不及雅，更不如風。

周民族的韻文，我們講至此爲止。詩經以後的韻文，各種古籍裏記載的也不少，如聲伯的夢歌，優施的暇豫歌，原憲的貍首歌，馮驩的彈鋏歌，荊軻的易水歌之類。但這些都不甚重要，故略去不講了。

* * * * *

最後，講到後期的散文。這裏包含七部書：春秋，論語，墨子，孟子，左傳，國語及韓非子。這些都是古代重要的史書和哲學書，歷代學者致力頗勤。我們現在不用詳加考證，也不必管牠們的義例或思想，只簡單的分六點說明於後：

(1)作者。——這一方面分三種：一，門人記的（論語，孟子及墨子的一部分）：二，自著的（韓非子的一部分）：三，無考的（春秋，左傳，國語，以及墨子和韓非子的一部分）。

（2）年代。——這一方面佔有三個世紀：一，前五世紀（春秋），二，前四世紀（論語，墨子及左傳）；三，前三世紀（孟子，國語及韓非子）。

（3）地點。——這一方面佔現在的兩省，一，山東（春秋，論語，墨子及孟子）；二，山西（左傳，國語及韓非子）。

（4）眞僞。——這一方面分兩種：一，全眞（春秋及孟子）；二，半僞（論語中如堯曰等，墨子中如親士等，左傳中如『君子曰』等，國語中如越語下等，韓非子中如揚權等）。

（5）內容。——這一方面也分兩種：一，歷史的（春秋，左傳及國語）；二，哲學的（論語，墨子，孟子及韓非子）。

(6)形式。——這一方面也分兩種：一，短篇（春秋，論語及孟子）；二，長篇（墨子，左傳，國語及韓非子）。

這幾點與舊說頗不相同。譬如作者能，春秋相傳為孔子作，左傳與國語相傳為左丘明作。然春秋明載孔子之死，左傳與國語敘事皆下及戰國，則舊說之誤可知。又如地點能，墨子是魯非宋已經孫詒讓證明於先，左傳國語是晉非魯又經珂羅倔倫(B. karlgren)衛聚賢林語堂證明於後，我們當然舍舊謀新。這些，這些，我們不能在此詳細考證了。

這七部書，都『不以能文為本』是很顯然的。但若當作文學的散文而親察，則可得下列四點：

(1)春秋期內散文流傳絕少。——這七部書大都在戰國時寫定。若找春秋時的散文，恐只有上文所講『書』『易』的一部分。

(2)戰國時散文以魯晉爲盛。——古散文經七八百年的醞釀，到戰國時應該有新的發展了。就現存的書看來，魯晉兩地的產品最多。

(3)魯散文多說理，多短篇。——魯散文多說理，大概因爲魯產生了孔墨二大思想領袖的原故。

(4)晉散文多敍事，多長篇。——晉散文多長篇，大概因爲敍事文易於延長，而且晉散文年代也較晚。

我們看了這四點，對於周民族的後期的散文，也可知道個大概了。

除這七部書外，一般人認爲是後期散文的還很多。如子夏的易傳，子貢的詩說，曾子的曾子之類，其僞固不待辯；即十三經中的孝經，公羊及穀梁等，因有「仲尼居，曾子侍」，「公羊子曰」，「穀梁子曰」等句，而知其僞。（餘如周禮，禮記及爾雅三書，信者本不多；即儀禮一書，顧棟高亦力證其爲左傳以後之作：故我們未把這些列入前期散文中）。

＊　＊　＊　＊　＊

關於周民族的文學大體已如上述，下文我們要分述楚秦兩個較晚的民族的文學。

第二講終

第三講　古民族的文學（中）

楚民族，無論在文學上或政治上，都是周民族的勁敵，只是一向誤認作周天子屬下千百諸侯國之一而湮沒了。雖此時尚少科學上的確證，然古籍中却有許多史料可考出周楚異源：一，周稱楚為『蠻夷』（如國語）；二，楚自稱亦曰『蠻夷』（如熊渠）；三，官制不同（如『司敗』）；四，方言不同（如『於菟』）；五，服飾不同（如『南冠』）；六，音樂不同（如『南音』）。根據這些，我們假定楚為獨立的民族，在楚民族的範圍以內去尋求個文學的起源和演進。

* * * * *

楚民族文學的起源，當遠遡之於詩經中的二南。二南一向附屬於十五國風中，其實『南』與『風』為兩種並列的詩體（與『雅』『頌』一樣），故歷代學者如蘇轍，王質，程大昌以及崔述等，大都主張二南獨立。關於牠的時代與地點，舊說亦誤，其中時代可考者，如汝墳述東遷，甘棠頌召虎，何彼襛矣稱平王，都在前八世紀；而詩中所有地名，也都在江漢之間，其屬楚不屬周可知。就內容方面看來，可分這五類：

(1)戀愛的。——如周南的漢廣及召南的野有死麕等。

(2)別離的。——如周南的卷耳及召南的草蟲等。

(3)女性生活的。——如周南的葛覃及召南的采蘋等。

(4)祝頌的。——如周南的桃夭及召南的鵲巢等。

(5)政治的。——如周南的兔罝及召南的羔羊等。

就技術方面說，這些詩都是比較的成熟的。牠所憑藉的音樂，也可給牠許多幫助。古籍中常謂「南音」勝於北音，而孔子也曾再三恭維二南。楚民族的歷史雖不能詳知，然文化較周爲遲却是事實；在東周初年即有二南這樣的作品奠定文學的基礎，無怪數百年後便產生震古鑠今的大詩人屈平了。

詩經中除二南外，還有陳風也可屬於楚民族。不但陳是滅於楚的，而且其官制方言服飾也多與楚同。陳風共十四篇，其時代可考者僅株林一篇，指靈公與夏姬事，約當西歷前七世紀的末年。各篇的內容，以言兒女情者爲多，如宛丘，東門之枌，東門之楊，防有鵲巢，月出等都是。二南各篇也多與女性有關係。後來屈宋之作喜以美人香草爲喻，恐與牠們有點淵源。

自此以後，楚民族的作品就要數到九歌。在九歌以前，各種古書裏還載着幾篇詩歌：

（1）「子文之族。」——見說苑至公篇，頌令尹子文之公平，約當前七世紀中年。

(2)「薪乎萊乎。」——見同書正諫篇，頌諸御已能諫莊王，約當前七世紀末年。

(3)「今夕何夕兮。」——見同書善說篇，是楚人翻譯越人的歌辭的，約當前六世紀中葉。

(4)「延陵季子兮。」——見新序節士篇，頌季札之有信，也當前六世紀中葉。

(5)「鳳兮鳳兮。」——見論語微子篇，是接輿諷孔子的，約當前五世紀初年。

(6)「滄浪之水清兮。」——見孟子離婁篇，是孔子在楚聞孺子所歌，也當前五世紀初年。

(7)「佩玉蘂兮。」——見左傳哀公十三年，申叔儀歌以乞糧，也當前五世紀初年。

這裏前七世紀的二篇全是詩經的形式。前六世紀兩篇便開創有「兮」字騷體，「今夕何夕兮」更迫近九歌。到前五世紀，篇數漸增，騷體也成了固定的體裁了。最後便有九歌的產生。

九歌一向被認爲屈平的作品，這個錯誤到最近方改正。牠的時代雖難確定，但最早總在楚昭王以後（因爲昭王以前不祭河，而九歌中有河伯），最遲總在戰國以前（因爲戰國時用騎戰，而九歌國殤尙言車戰），恰在上述七篇古歌與屈宋之間。牠一共包含十一篇：東皇太一，雲中君，湘君，湘夫人，大司命，少司命，東君，河伯，山鬼，國殤及禮魂。前十篇各祀一神，究竟是什麼神，論者意見紛歧，我們不必在此細說。末篇禮魂乃是前十祀所通用的送神之曲（王夫之，王邦采，梁啓超均如此主張，王闓運則以爲迎神之詞，似不妥）。各篇除祭祀的辭句外，多言情的分子，尤其是湘君，湘夫人，少司命，山鬼等篇。這是民間祭歌的特點，從前腐儒一定要拉扯到屈平的忠君愛國上去，眞是可笑。我們若拿六朝時的神弦歌來作比較的研究，便更可明瞭九歌的意義了。近人以神人戀愛來解釋這些言情的辭句，其說亦通。牠對於屈宋的影響，與二南陳風同。而且，這幾篇在風格上有三種特點——一是詞句秀美，二是理想高源，三是表情眞摯——這三點也可說是屈宋的特點，他們間的淵源也可明白了。

* * * *

楚民族的文學，經數百年的醞釀，到九歌便宣告成立了。及屈宋出世，便是全盛時期了。

屈平（前343——290？）字原，楚之同族。他的事蹟見於史記及新序節士篇者頗簡略，據歷代學者研究的結果，下列幾件事是比較可以確定的：一，離騷自敍生於寅年寅月寅日，卽楚宣王二十七年，周顯王二十六年。二，壯年任左徒，爲楚懷王所信任，但後來以讒去職。三，抽思敍放於漢北事，時代是懷王，原因是秦遣張儀來離間。四，懷王知道上了秦人的當，便召回屈原，命他赴齊修好。五，哀郢涉江敍放於江南事，時代是頃襄王初年，原因是子蘭的讒言。六，放逐後自沉於汨羅，時代不能確定，享年大約在五十六十之間。他的作品，據漢書藝文志說，有二十五篇，但亦有說是二十六篇或二十七篇者。這二十幾篇的細目，異說更多，茲不具論。我們若要明白眞相，須摒棄這些舊說。據近代學者（如崔述，廖平，胡適等）研究的結果，知道其中有不少僞作攙入。除九歌爲屈平以前的作品已詳上文外，至少還有下列七篇是秦漢人作的：遠遊，卜居，漁父及九章中的惜誦，思美人，惜往日和悲回風。所以，我們所能據以代表屈平的，只有離騷，天問及九章中的涉江，哀郢，抽思，懷沙和橘頌等七篇。離騷無疑的是他的作品中最偉大的一篇。牠的年代當依史記定在壯年被讒後，亦有人以爲作於放逐時者，但無確證。從內容看來，可分兩段。第一段至敍女嬃的話爲止，於眞的事實中雜以抒情的句子。自陳辭重華以下爲第二段，借理想的事實來表情。最後則在「亂辭」裏歸到死的決心。全篇表現出作者人格的高潔，感情的濃摯，想像力的豐富，表現力的偉大。其所以傳誦千載者，實非偶然。天問篇幅之長，與離騷等，內容則絕異。離騷全是關於作者個人的，天問則與作者全無關係，只是對整個宇宙的各種事情發些疑問。最奇怪的，他竟懷疑到君主的來歷，所以我們疑此篇爲他暮年灰心極了才作的：各問題間無何連絡，大約是放於江南後陸續謅成的。至於九章中的五篇，本是獨立的作品，到漢代（劉向？）始把牠們和幾篇僞作合在一起。現在我們要把牠們分開來研究。最早爲橘頌，篇中無被讒或被放的痕跡，其年代或在離騷前，技術亦較幼稚。次爲抽思，作於第一次放逐後。餘三篇均爲第二次放逐後的作品。哀郢與涉江均記沿途的感想，而涉江表情最成熟。牠代表兩種不同的情緒，前半篇沿江而行，情調非常高亢，但後來作者走到了峻高蔽日的山中，又是幽晦多雨，又是霰雪無垠，於是又囘到憂讒畏譏的本來面目來了。作者表現這兩方面都恰好處。懷沙是作者的絕命詩，語氣迫促，音節悲壯，也值得我們的注意。總之，雖然他的眞的作品並不多，然他在文學史上佔有特殊的地位，那是無容置疑的了。

屈平死後，楚民族的文學空氣突然濃厚起來。據我們所知道的，前三世紀的楚詩人有唐勒，景差，宋玉三人，據漢書藝文志，唐勒有賦四篇，現在已亡了。景差之作，漢志未載，其亡佚恐還在唐勒之前。有一篇大招，或說是景差作，或說是屈平作，王逸已不能斷定。就我們看來，此篇是漢人仿招魂而作，與屈景都無關係。現在只研究宋玉的作品。

宋玉（前290？—222？）的事蹟，與屈平一樣的難考。古書中關於他的記載太多了，我們不易辨別眞僞。大概下列幾點是可信的：一，他的生年與屈平卒年相近。二，他是窮鄉僻壤的一個『貧士』。三，他做過楚考烈王的『小臣』，但不久便『失職』了。四，他卒年與楚亡時相近。同時我們要附帶聲明下列二點：一，他與楚威王，懷王及襄王無君臣關係。二，他與屈平，玄洲及景差無師生的關係。要知道他出處的眞相，須先知道他的作品的眞僞。據漢志所載，他有賦十六篇。但現在我們已無法考知這十六之數究指那幾篇。就現存的看，只其九辨與招魂是眞的。餘如文選所載風賦，高唐賦，神女賦及登徒子好色賦等，又如古文苑所載笛賦，大小言賦，諷賦，釣賦及舞賦等，均係後人僞託。所以現在只就那兩篇眞的加以研究。九辨舊分爲八章，九章或十一章，都是錯的，牠實是整個的一篇長詩，大約作於失小臣職後。著稱的『悲秋』的典實，即出於此。雖與屈平同在政治上失敗，但一個是貴族，一個是貧士，一個想實現自己的主張，一個想吃飽飯穿暖衣，字句間或相襲，而表情絕不相同。舊說解爲哀師，更是荒謬。招魂本事已不可考。從亂辭敍事看來，當作於考烈王二十二年遷都壽春以後；故雖一部分學者要據史記以證其爲屈平之作，而實在則非宋玉作不可。全篇分兩段：第一段歷敍上下東西南北六方的危險，命靈魂不要亂走。第二段則誇張楚國居室之安，姬妾之奉，飲食之美，歌舞之樂，望靈魂反其故居。所以這實在以鋪敍見長，而爲古代第一首描寫的長篇傑作，正如離騷九辨之爲抒情傑作一般。他的作品雖僅這兩篇，而技術之佳，實可與屈平並稱而無愧。

* * * * *

楚民族散文怎樣起源，我們不大清楚。漢志『道家』有鬻子二十二篇，又『小說家』有鬻熊說一篇。今本十四篇顯係後人僞託，此外賈誼新書及列子引有佚文，亦不可靠。全上古文搜集了些文王，成王，莊王及平王等人的『法』『令』『箴』『誓』，還有子干，蔿敖，屈到及觀從等人的作品，雖引自左傳，國語或史記等書，我們亦未敢信爲他們所作的原文。所以嚴格的說，戰國以前，楚恐無散文可供研究。本來散文在韻文之後，是古民族文學演進的通例，毫不足異。所以我們只在這裏講戰國時的作品，而以老子與莊子二書爲代表。

現在先講老子。老子的作者及年代等問題，頗極糾紛。老聃，李耳，老彭，太史儋，老萊子——這些人是一是三？我們此處不能節外生枝去詳加考證。但就這五千言本身去觀察，牠的年代一定是戰國而非春秋。此點近人論者頗多，最明顯的是牠的體裁。牠大部分是有韻的散文，且多用楚辭的格式，如第四，十五，二十，二十一，二十五，三十四，五十八等章，都是好例。若不在騷體行以後，恐不會侵入哲學家的著述裏去。若就純粹的散文言，則『小國寡民』一段可爲代表作。作者描寫他理想中的社會，是如此的澹朴而甯靜，使千載下的讀者還爲之神往。

這部作者待考時代難定的哲學名著，在思想史上位置極高。牠是所謂『道家』的中堅。與牠同時或略後的，還有不少同派的哲人與著作，最重要者推莊子。莊子今存內篇七，外篇十五，雜篇十一，較漢志少十九篇。不但已佚的這十九篇非莊周所作，現存的三十三篇中也多僞作，如列禦寇，胠篋，讓王，說劍，盜跖及漁父等。較可靠者，當推內篇及外篇的一部分，如逍遙遊，齊物論及秋水等都可算他的代表作。他喜歡用比喻，既善於說理，又妙於體物。他不但是楚民族最偉大的散文作家，同時也是中國文學史上有數的重要文人。

唐勒與宋玉也都有散文的作品傳世。水經注引唐勒的奏士論，新序也引宋玉的對楚王問，但都是僞託的，故不具論。

以上我們已將楚民族的韻文與散文述完。自前二二二年楚亡後，便無作品可考了。

第三講終

第四講　古民族的文學(下)

最後，我們講到秦民族。『秦民族』的文學與『秦代』的文學是不同的。秦代只十餘年，在文學史上頗不重要，而秦民族乃是一個與周楚鼎足而立的大集團，牠有悠久的歷史與豐富的文學產品。舊說秦爲顓頊之裔，但從史記秦本紀裏的傳說及秦公敦及盄和鐘裏的記載看來，牠顯然是個與中原無關涉的異族。牠的文學應該有單獨的記載。

* * * * *

秦民族文學的起源，應該上溯之於詩經的秦風和尙書的秦誓。秦風共十篇，其時代可考者計三篇：小戎敍莊公事，約當前八〇〇年左右；終南敍文公事，約當前七五〇年左右；黃鳥則哀三良，作於前六二一年。這都在東西周之交，是秦民族開始興盛的時候。所以，各詩多敍「車馬田狩之事」，充分表現尚武的精神，小戎以外如車鄰及駟驖皆是。卽黃鳥權輿等篇之與兵甲無涉者，其音節也都悲壯。唯一的例外，要算蒹葭。這是一首技術頗高的作品。是招隱抑是懷春？這還不易斷定。然其爲秦民族韵文初期之傑作，則無庸置疑。

至散文的起源，則似更遲。史記說文公十三年（西歷前七五三年）「初有史以紀事」，似前此尚無記載。然卽此文公時之記載，今亦無從考知。見存散文之最早者，當推前六二七年之秦誓。秦誓是今本尚書中最後一篇。別的「誓」都是誓師之辭，獨有這一篇却是「罪已詔」一類的作品。秦穆公不聽蹇叔的話，伐鄭不利，反敗於晉，故有此篇。全文痛自鍼砭，絕不矯飾，而且「我心之憂，日月逾邁，若云弗來」等文句之飄逸，「番番」「仡仡」「截截」「昧昧」「斷斷」「休休」等疊字之應用，使這篇成爲古散文中有數的傑作。總之，從這一篇及蒹殹等詩看來，秦民族文學在東周初年已築成很好的基礎了。

＊　＊　＊　＊　＊

自此以後，秦民族的韵文與散文便日漸進展。在韵文方面，有石鼓文，賦篇，成相辭，刻石銘等等。石鼓文是較早的作品，恰可上接秦風。關於牠的時代，舊說頗多歧異（如韓愈，鄭樵，程大昌，萬斯同等）。但牠的文字確係秦的字體（羅振玉說），而又自稱爲『公』，則其時代當在襄公至獻公間（馬衡說）。石鼓之數凡十，其中五篇敍遊獵（甲丙丁辛癸等鼓），二篇述路程（戊巳等鼓），二篇爲祝頌語（庚壬等鼓），還有一篇是燕飮的詩（乙鼓）。但因闕文太多，故其內容不易確定，而技術尤難批評。就大體看來，那些述路程及燕飮的詩較佳。乙鼓寫魚頗有風致；戊鼓記水行，己鼓記陸行，也都是白描好詩。但這似非秦人本色。那些遊獵及祝頌的作品，風格頗近秦風和『雅』的一部分。我們須知秦自佔有岐周以後，其文學產品之地理的背景是與『雅』相同的。（章炳麟以爲『雅』與秦聲『烏烏』有關，是不錯的。）

到戰國時，秦民族便產生兩位重要的作者：荀況與李斯。荀況（前310？—210？）字卿，趙人。史記說『趙氏之先與秦共祖』，故列於此。他的事蹟不易知道，歷代學者意見亦頗紛歧。我們所確知的，是前二五五年至楚爲蘭陵令；弟子中最著稱者爲韓非與李斯二人，李斯相秦時他還在世。他的著作有荀子若干篇，爲古代哲學上的重要典籍，同時也是古代文學中的重要作品。關於散文方面，我們在後文討論，現在先就韵文研究。據漢志所載，他有賦十篇。今本荀子中有成相三篇，賦篇五篇，又有『天下不治』與『琁玉瑤珠』兩篇。總數恰與漢志合，內容相同與否則不可知。賦篇各篇另有標題，卽禮，知，雲，蠶，箴是。牠們表面上好像是詠物，其實乃是說理的詩。『天下不治』與『琁玉瑤珠』兩篇性質相近，徐說理外又有諷刺的意味，措辭都極激烈。前一篇又題作『佹詩』，佹卽激切之意。後一篇據國策說，是被讒後作的。成相三篇也是說理的作品，尤注重以歷史上的陳迹爲後代君臣之戒。就技術方面說，這十篇都不高明。但荀況以北方大儒作南方顯宦，他的作品兼承詩經與楚辭的影響。且漢以後盛行的『賦』，他可以說是個鼻祖；成相中包含七言的詩句至一百餘句之多，又爲後代七言詩淵源所自。所以，荀況的詩在古韵文中，尤其在秦韵文中，所佔地位是很重要的。

李斯（前275？—208）是楚上蔡人，早年入秦爲呂不韋舍人。後秦始皇拜爲長史，漸升至廷尉，終爲丞相。至二世時，爲趙高所讒，腰斬咸陽市。他的散文的作品，我們在下文討論。他的韵文的作品，便是八篇刻石銘：始皇二十八年的嶧山，泰山，之罘與瑯邪四銘，二十九年的之罘及東觀二銘，三十二年的碣石的銘及三十七年會稽的銘。史記未載二十八年的嶧山及之罘二銘，故見存者只有六篇；古文苑所載嶧山一銘，似是後人僞託的。史記並未說這些銘是李斯作的，但正義及文心雕龍都歸之於他，我們現在卽依此傳說。就文學的技術方面看來，這六篇都不高明。牠們一味的歌頌始皇的功業，使我們讀者不感興趣。不過如瑯邪台銘寫大一統的事業，氣魄也還偉大，而會稽銘『飾省宣義』一段敍事也頗簡潔，這些都令我們回想到『雅』中敍事的幾篇。且每三句叶一韻，唯采芑有此先例，更可看秦詩與『雅』的關係。在這一點上，無論是石鼓文抑是刻石銘，秦韻文是有一貫的特點的。

此外，水經注，三秦記，博物志及關中記都記有秦的歌謠，但眞僞頗不易知。史記又說始皇命作仙眞人詩，但原文今已不存。故我們於上敍各作家外，不再論列了。

*　*　*　*　*

現在我們要講到秦的散文。古代散文著作之屬於秦民族者，在戰國時有荀子與呂氏春秋兩部。荀子作者荀況的事蹟，已詳上文。不過我們要知道荀子各篇不全是荀況一人之作。今本共三十二篇，其中如儒效及議兵等篇稱『孫卿子』，堯問及大略等篇亦久經論定爲僞。故眞實可靠者，亦不過天論及性惡等若干篇而已。荀況是儒家的大思想家，可與孟軻分庭抗禮的。但純就文學方面論，他雖是秦民族的一個重要散文作家，却不能算是古代的一個偉大作家。他的文章是很謹嚴的，然缺乏詞藻，缺乏想像，所以對於後代的散文並無多大的影響。

呂氏春秋差不多與荀子同時。史記謂荀況著書在西歷前二三八年春申君死後。呂氏春秋是秦相呂不韋命他的門客編的，不韋死於前二三五年，而序意則作於前二三九年。但史記又說不韋的動機是由於『荀卿之徒著書布天下』，胡適則假定李斯爲編者之一，則此書似較荀子略遲。全書分十二紀，八覽，六論，子目一百六十篇。序意在紀後覽前，而八覽六論中『又顯然含有呂不韋死後之事』，故內藤虎次郎疑今本非原書。這部既非一人一時之作，故不會有統一的作風。就大體看來，是一種謹嚴而不尙藻飾的說理文。牠雖不能算第一流的散文作品，但在秦文學中却是有重要的位置的。

到了秦統一以後，便產生一位偉大的散文作家李斯。他的事蹟已詳上文。就全上古文所輯的，他的散文作品有十餘篇之多。但其中如墨池編所引用筆法之類，顯然不是眞作品。我們硏究，當以史記所引爲限。不過全上古文所採始皇本紀裏的幾段如議廢封建之類，也未必是李斯的手筆。較可靠的還是李斯列傳所載的四篇『上書』。四篇之中，『諫逐客』一篇最佳。李斯非秦人，也是一個秦人所要『逐』的『客』，所以他要極力辯護。他先舉秦繆公孝公惠王昭王如何得『客』之助，『客何負於秦哉』？次說服飾器用之不產於秦者亦復不少，爲何『取人則不然』？末段諷以『王者不卻衆庶』，不要『逐客以資敵國』。這樣的雄辯是很動人的，故逐客令終於廢了，而這一篇上書也成爲古代文學史上一件傑作了。不過其餘三篇卻不能稱是。

最後，我們要講到戰國策。牠與左傳國語同爲古史的傑作。作者的姓名，我們不知道，但這部傑作的時代，我們卻可考知。劉向戰國策敍說『訖於楚漢之起』，漢書司馬遷傳則說『秦兼諸侯有戰國策』，都可證明牠是前三世紀末年的書。所以此書記事雖不以秦爲主，然實是秦統一以後的著作，故我們列入秦氏族。書中所記，橫的方面包含七大國及周，宋，衞，中山等，縱的方面則包含前四五三年韓趙魏滅智伯以後的事。牠所記的不定是『嘉謨』『昌言』，但能『轉危爲安，運亡爲存』，便可入選，所以以『策』爲名。戰國是個縱橫家的時代，這部書便是他們雄辯的記錄，正如世說爲魏晉名士『淸談』的記錄一樣。牠在後代散文上的影響是很大的。在秦散文中，這是最重要的一部著作了。

除了上列幾個作家和著作外：嚴可均曾從史記等書中輯錄始皇，二世，王綰，趙高等人的『制』『會』『議』之類。但我們很難知道這些是否卽是他們的手筆，所以都略去了。

* * * * *

古代商，周，楚，秦四個民族的文學，我們已略略敍述過了。古史的研究尙在幼稚時期，我們要想把各種古書正確地分配於各民族，是頗感困難的。就目前而論，任何中國文學史都未作過這種工作。以上幾講，可算是第一次的嘗試。在講完這些古民族以後，我們在下文便要從漢代文學講起。

第四講終

第五講　樂府古辭

在中古期內，漢代是個文學的黃金時期，然這時期的實際却遠不如牠的表面。漢代最流行的文體是辭賦，然而那時的辭賦很少有永久的價值。漢代的五言詩也曾受過許多批評家的恭維，然而那些作品却大都是後人的僞託。說也奇怪，在近代學者眼中，這個黃金時代的文學，只有那作者難考篇章零落的『樂府古辭』，倒能在文學史上佔個重要位置。

『樂府』是什麼？牠本是漢武帝所置總管樂章的衙署，後來凡這衙署所製所采的作品便也名做『樂府』，而這兩字便成一種文體了。這種作品，漢以後如魏晉及南北朝也有不少，現在依次敍述於後。

*　*　*　*　*

漢樂府篇名之可考者約三百曲，歌辭見存者約一百曲，關於牠們的分類，歷代學者意見紛歧（如蔡邕，鄭樵，郭茂倩等）。我們以爲當分成八類：一，郊廟歌辭；二，燕射歌辭；三，舞曲歌辭；四，鼓吹曲辭；五，橫吹曲辭；六，相和歌辭；七，清商曲辭；八，雜曲歌辭。前三種是貴族特製的，次二種是外國輸入的，末三種是民間採來的。現在我們先研究貴族的樂府。

郊廟歌卽是祭歌，其中如宗廟樂，昭容樂，禮容樂等早已亡佚了，現存者爲房中祠樂十七章及郊祀歌十九章。房中祠樂作者爲漢高祖姬唐山夫人，約當前二○○年左右。『房』爲古人宗廟陳主之所，故這幾篇最注意於『孝』字，多祝頌及教訓的話，一般讀者因此也不感興趣。但其中描寫的地方，一方面雍容爾雅，不專以典重見長，一方面詞句秀麗，頗有楚辭的風味。所以牠們在文學史上雖無很高的地位，却也不能忽視的。至於郊祀歌，其作者及年代還待考訂。大概其中有一部分（朝隴首等？）是司馬相如的作品，也有幾篇（如靑陽等）是鄒子（鄒陽？）作的，其餘的姓氏便湮沒了。各篇大都記當時的祥瑞（如天馬記宛馬，景星記汾陰鼎，象載瑜記赤雁等）或各種淫祀（如帝臨祀后土，天地祀泰一，五神祀五帝等），故其製作年代也不同，大概在前一〇〇年前後。就文學的技術上看來，較房中祠樂進步多了。例如第一篇練時日是迎神之歌，分六段來描寫，寫得那麼穠麗，那麼豔冶，在歷代貴族祭歌中可說無出其右的了。又如天門，想像力也極豐富；若依王先謙說加上『兮』字，簡直是屈宋以後最偉大的騷體詩了。漢志曾說『高祖樂楚聲』，而郊廟歌中楚人的影響尤爲明顯。

燕射歌現在全亡了。據郭茂倩說，共分三類：一是『親四方之賓』的燕饗樂，二是『親故舊朋友』的大射樂，三是『親宗族兄弟』的食舉樂。前二類連篇目也失傳，食舉的篇目則見宋志，其中有與詩經及鼓吹曲相同者，未知其詳。

舞曲也分三類：雅舞，雜舞及散樂。雅舞用於『郊廟燕響』，如高祖時的武德舞，文帝時的四時舞，光武時的雲翹舞之類，完全亡佚了。雜舞用於『宴會』，已亡三種，見存者僅公莫舞歌及鐸舞歌（晉人制禮樂篇）兩篇。然而這兩篇都是『聲辭雜寫，不可復辨』的；公莫舞歌似寫遊牧生活，鐸舞歌則簡直莫名其妙，眞是遺憾。至於散樂，乃是『俳優歌舞雜奏』的，與戲劇有些關連。因爲同時有動作，故也附入舞曲中。見存者有俳歌辭一首，一名侏儒導，詞意有點含胡，大約是寫雜伎百戲的，但毫無文學的價值。

*　*　*　*　*

其次，我們研究外國輸入的樂府。

鼓吹曲的輸入，是在高后時。那時班壹『以財雄邊』，便把北方的音樂引到中國來。自後卽爲貴族的重要點綴品，其用有四：一爲朝會宴響，二爲道路從行，三爲師有功，四爲賜功臣。見存者爲鐃歌十八曲，另有四曲已亡。其作者及年代都不易知。已佚的釣竿，古今注說是司馬相如作的；見存的上之回紀武帝時事，上陵則明言『甘露初二年』（西前五二年），餘便不可知了。各篇『聲辭豔相雜，不復可分』，故意義頗不易了解。清代有許多注釋家（陳明祚，莊述祖，陳沆，譚儀及王先謙等），給我們不少的幫助；然他們的話多傅會，不可盡信。大概內容方面以頌詩（如聖人出及遠如期等）和情詩（如有所思及上邪等）爲多，亦有寫戰爭（如戰城南），寫田獵（如艾如張），寫宴飲（如將進酒）的。其特點在設色濃豔，表情熱烈，用韵又極自由，實爲古樂府中別開生面而又極難得的作品。

橫吹曲是張騫從西域輸入的，較鼓吹晚六十年。當時僅摩訶兜勒一曲，後李延年又作新聲二十八解，但現在都亡佚了。後代選詩者常有以北朝的隴頭及無名氏的出塞認為漢辭者，實誤。

* * * * *

最後，我們研究民間採來的樂府。其中相和與清商二種的分界，前人（如鄭樵，郭茂倩等）都未認清，以致把清商各曲混入相和內，而說漢清商已亡了。這一點，到梁啟超方據宋志及通典改正過來。

相和歌分四種：相和舊曲，相和六引，吟嘆曲及四絃曲。四絃及六引全佚了（有以瑟調公無渡河作箜篌引者非）。吟嘆只存王子喬一曲，相和舊曲則還有七曲（其中日出東南隅乃瑟調的豔歌羅敷行，應入清商）。作者及年代很難考。薤露及蒿里傳出田橫門人，平陵東則翟義門人所作，其餘便不知道了。技術方面最可注意的是雞鳴和烏生兩篇。雞鳴結構雖不緊湊，然描寫則頗有聲有色。烏生寫烏的悲哀，亦悽婉動人。這都是前幾種樂府所無的。

清商曲包含平，清，瑟，楚，側五調及大曲。平調曲見存三種，以長歌行爲最佳。清調曲亦存三種，內容接近相和曲，但技術都不高明。瑟調曲除一部分兼入大曲外，見存者六曲。其中傑作頗多，如婦病行，孤子生行，飲馬行等，均爲漢樂府的冠冕。以上合稱『清商三調』。楚調曲見存者惟怨詩行一種，表情頗拙劣。側調曲是從楚調衍出的，亦僅存傷歌行一種（有認爲雜曲者非）；辭意淒涼，音節婉媚，可稱佳構。此五調外，還有大曲，見存九種。其中如豔歌數行，西門行，滿歌行，白頭吟行等，都是第一流的作品。雖然這二十餘曲的年代和作者不易知道（傳說中的作者如卓文君之類都不可信），但其中多晚漢的作品是可以承認的（如羅敷行有『使君』字樣可證之類）。

雜曲大都有主名，如馬援武溪深行，傅毅冉冉孤生竹行，張衡同聲歌，辛延年羽林郎，宋子侯董嬌嬈，繁欽定情詩等。還有無名氏的蛺蝶行，驅車上東門行之類。內容方面，以寫兒女閨情者爲多，都寫得很好；餘如悲歌之寫鄉思，上東門行之寫無常，也是很難得的作品。

以上已將漢樂府略敘一過。無論是貴族的，外國的，或民間的，牠們都各有特殊的風格，使牠們成爲漢代最重要的文學產品。自漢以後，樂府便分成南北兩個系統來發展。南方是吳，東晉及南朝等，北方是五胡十六國及北朝等。唐以後，樂府便不能獨成一軍了。

* * * * *

其次，我們敘南方的樂府——舞曲，淸商曲及雜曲。

舞曲中雅舞無新製，雜舞則有拂舞和白紵舞，此外西曲中亦有一部分是舞曲。拂舞除白鳩一曲刺吳孫皓外，餘均用舊詞。白紵及西曲舞歌則以寫女性美爲主，而采桑度及江陵樂等篇尤可注意。

清商曲以吳聲歌及西曲歌爲主。吳聲歌見存者逾三百曲，有屬晉者（如懊儂歌等），有屬宋者（如讀曲歌等），有屬陳者（如玉樹後庭花等）。作者間有可考者（如前溪歌爲沈玩作，碧玉歌爲孫綽作等），然大部均無名氏。牠們或寫情人間的調笑（如子夜歌），或寫戀愛失敗的悲哀（如華山畿等），均極纏綿悱惻之致。西曲歌除舞歌外，見存『倚歌』約四十曲。牠們有屬宋者（如西烏夜飛），有屬齊者（如楊叛兒），有屬梁者（如攀楊枝），但大部分均不知何時作（如青陽度，女兒子等），亦不知何人作（只有西烏夜飛知係沈攸之作）。西曲的起源即在『商人重利輕別離』，故多敍別離的作品，哀婉動人。此外，還有民間祭歌神弦歌十餘曲。牠們作者及年代均不可知，連各曲所祀何神亦難考訂，只有青溪小姑曲知係吳國少女。篇中多言兒女閑情，與楚民族的九歌一樣。

雜曲中亦多言情好詩，如東飛伯勞歌及西洲曲等，而傑作當推孔雀東南飛。

此篇舊說建安時作，但言及『青廬』，明係齊梁時詩。全詩凡三百五十餘句，一千七百餘字，實爲空前的長篇敍事詩，敍焦仲卿妻蘭芝爲姑所逐，兩人不肯再娶嫁，先後自殺的故事。寫各個人物的談話，委婉屈折，各如其分；有時插入幾段描寫，也極鋪張揚厲之致。

* * * * *

最後，我們敍北方的樂府——橫吹曲和雜曲。

橫吹曲舊稱『梁鼓角橫吹曲』，其實與南朝毫無關係。除已亡者外，今尙存六十餘曲。其中有屬五胡十六國的（如慕容垂歌），有屬北魏的（如高陽王樂人歌），有屬北齊的（如琅邪王歌），作者亦間有可考者（如企喩歌之一乃苻融詩），然大部分的作者與年代均不可知（如紫騮馬歌，幽州馬客吟等）。牠們內容以寫戰爭的爲多，而木蘭詩最稱傑構。詩敍木蘭代父從軍，而伙伴不知爲女子，十二年後方戰罷回鄉。牠與南朝的孔雀東南飛同爲漢以後樂府中第一流的作品。

雜曲不多，僅西涼的陽翟新聲，北魏的楊白華，北齊的敕勒歌等數種。我們最當注意敕勒歌，牠只有二十餘字，而寫北方的游牧生活，極生動，極自然，眞是難得的作品。

我們綜看北方的樂府，有個與南方大不相同的地方。南方樂府以寫戀愛爲主，而北方以寫戰征爲主；子夜歌等寫情是婉轉的，而橫吹曲却是豪爽的。北方樂府絕少言情，即偶有一二例外（如折楊柳歌及捉搦歌等），亦另具一種樸質的風味。

* * * * *

以上我們已將這八百年中的樂府古辭敘完了。論及牠們的影響，漢樂府產生五言古詩，南北朝樂府則產生絕句。我們知道今所傳西漢古詩十九首及枚乘蘇武李陵的五言詩都是後人僞託的，而樂府中如相和歌及淸商曲等却多五言的作品，這顯然是後代五言詩不祧之祖。至南北朝的樂府，其體裁大部是五言四句（亦有七言四句者），這與齊梁時『新體詩』——尤其是絕句——的構成是極有關係的。這些，我們在下文敍三國六朝詩時，更易看到。

第五講終

第六講　三國六朝的詩

關於自漢至唐的散文，小說，戲劇等等，我們在後邊另外討論，現在先述詩歌方面。因爲在中古期內，詩歌是最主要的產品。唐詩是有特殊地位的，在下文細講，我們在此只講三國六朝的詩。三國的詩以曹植爲中心，六朝以陶潛爲中心。在這兩位大詩人以前或以後還有些二流作家，我們也擇要敘述。

*　*　*　*　*

首先我們要講到曹植以前的三國詩人。

西漢的五言詩大都爲後人的僞作，漢樂府的重要影響爲五言詩的產生，這些已在前邊提過了。我們應該知道東漢的應亨班固等是最早的五言詩人，他如蔡邕秦嘉等也都有五言詩流傳下來。但是五言詩的正式成立，却有待於魏氏三祖及建安七子。

魏氏三祖卽曹操，曹丕及曹叡三人。曹操(155—200)字孟德，沛國譙人。他雖是漢末政治上的怪傑，同時也是個有數的作家。他的詩大都是樂府。一部分純粹模擬漢辭(如氣出唱之類)，自然無甚價值。但還有一部分抒情的或寫景的(如短歌行，步出東西門行等)，却是第一流的作品。曹丕(187—226)字子桓，是曹操的兒子。他的作品半爲樂府，半爲徒詩。樂府中最值得注意是七言的燕歌行，和長篇的大牆上蒿行。徒詩中除西北有浮雲等篇膾炙人口外，餘均不能稱是。曹叡(204—239)字元沖，曹丕子。他的作品全是樂府，但都不大好，只有善哉行與長歌行還差強人意。總之，三祖中曹操地位最高，曹丕次之，曹叡最低。

但三祖既兼爲政治上與文學上的領袖，於是有不少的作家做他們的門客，最顯著的便是所謂建安七子。孔融(153—208)字文舉，魯國人，乃是七子中最早的一個，與曹氏的關係也最淺。他的詩存者不多亦不佳，但兩首五言的雜詩却可證明他確是個詩人。此外六人可分三組。劉楨(?—217)字公幹，東平人。王粲(177—217)字仲宣，山陽高平人。這兩人的詩在七子中爲最佳。劉楨曾與曹植並稱『曹劉』，他的贈五官中郎將，公讌，贈徐幹等詩，或慷慨磊落，或輕妙秀麗，確是第一流的作品。王粲的從軍詩，七哀詩等，寫亂世的情景，都極沉痛。這是第一組。徐幹(171—217)字偉長，北海人。陳琳(?—217)字孔璋，廣陵人。這是第二組。他們作品雖與孔融同樣的不多亦不佳，然各有一二篇膾炙人的傑作，如徐幹的室思及陳琳的飲馬長城窟行之類，所以在七子中算是中等。阮瑀(?—212)字元瑜，陳留人。應瑒(?—217)字德璉，汝南人。他們在七子中，要算最低的作家了。他們的詩如阮瑀的駕出北郭門行，應瑒的建章台集詩，算是差強人意的，然遠不如其餘五人。這是第三組。

三祖七子而外，還有幾位小詩人，如繁欽繆襲左延年等，都不必細講。

* * * * *

其次，我們講到曹植本人。

曹植(192—232)字子建，曹操之子，曹丕之弟。他的生平，可分成四個時期。二一一年以前爲第一期。那時他正當少年，日誦詩論辭賦，善屬文，以敏捷見稱。但曹操是個政治家，所以也盼望他有幹才。二一一年他正二十歲，曹丕被任爲副丞相，他也被封爲平原侯。自此至二二〇年爲第二期。他雖在文學上得曹操的歡心，然在政治上則很使曹操失望；同時他的文學的聲譽也引起曹丕的忌妒，而在政治上陷害他。從此他便漸入晦運了。二二〇年，曹丕篡位稱帝，自此至二二七年爲第三期。這幾年在曹丕治下，是他一生最不幸的時候了。他的同黨被誅了，他也有人監視。直至二二七年曹丕死了，方漸好些。自此以後爲第四期。此時他在姪兒曹叡治下，他頗想在政治上有所建樹，不甘以文人終老。但曹叡雖不甚壓迫他，可也不肯重用他，終於鬱鬱不得志而死了。

他的作品，與他的生平是並行的。除樂府外，他的詩的年代大都可考。第一期內無詩流傳，見存者可分配於其餘三期內。自二一一年至二二〇年中，他的作品以與應徐丁王諸文士酬應者爲最佳。牠們形式是五言的，內容則或歎時事，或敍別情，或述交誼，或寫宴飲，或致訓勉（如送應氏，贈徐幹，贈丁儀王粲等），五言詩至此方算正式成立。二二〇年至二二七年中，產品不多，但贈白馬王彪詩却是傑作。曹丕的壓迫，監國的專橫，積於中者既深且久，發之於詩，遂使千百年後的讀者還受感動。二二七年以後的作品，以雜詩爲代表。雜詩內容雖以自抒抱負爲主，然也寫離別，寫思歸，寫兵士，方面很多，使五言詩體擴張到無所不包的地位。曹植是五言詩第一個偉大作家，是無庸疑議的。

以上是就徒詩說，現在我們要論他的樂府。樂府的年代很難考知。就內容方面看來，可分五類。有的是抒情的（如箜篌引等），有的是說理的（如當事君行等），有的是遊仙的（如升天行等），有的是描寫的（如苦熱行等），有的是祇頌的（如聖皇篇等）。其中以抒情的與描寫的爲最佳。抒情的樂府大都發洩身世之盛，有時變爲思婦之辭（如怨歌行等），都是極能動人的。描寫的樂府中，以寫英雄與美人的三篇『齊瑟』爲代表作，前人評『異采陸離』者是。此外，只有一篇野田黃雀行是說理好詩，其餘便不必注意了。

* * * * *

其次，我們講曹植以後的三國詩人。

當三世紀的中年，有所謂中朝名士，竹林名士者，養成一種清淡的風氣。在詩歌方面，他們繼曹氏一羣之後，作風不同，地位却一樣的重要。其中最大的作家當推阮籍。阮籍（210—263）字嗣宗，阮瑀之子。他志氣宏放，任性不羈，喜喝酒，彈琴，又喜讀老莊。初爲尚書郎，不久以病免；後爲從事郎中，遷散騎常侍，封關內侯。他聽說步兵廚營人善釀酒，求步兵校尉。年五十五，卒於家。他是以八十二首詠懷詩著稱的。牠們都是五言的抒情詩，或嘆友誼的無常（如第二及第三十首等），或歎生命的無常（如第三及第五十九首等），或嘆富貴的無常（如第五及第六首等），或嘆名譽的無常（如第十五及第四十一首等）——總之在阮籍看來，宇宙間一切都是無常的。詠懷詩向稱難懂，但若我們知道『無常』是這八十二首的中心思想，則一切困難自然迎刃而解了。這中心思想的來源有二：一是當時擾亂的歷史，一是老莊一派的哲學。阮籍綜合這兩種影響，在詩中很委婉地又很動人地表現出來了。但嚴格說來，詠懷詩有三種小疵：一是教訓氣味太重，一是使事太隱晦，一是詞句重複太多。不過這是無關宏旨的。

與阮籍同時的詩人還不少，我們在此略敍一敍。嵇康(223—262)字叔夜，譙人，他的詩以四言者爲最重要。一般四言詩大都不能脫離詩經的束縛，他的四言詩却是楚辭的影響更顯著（如贈秀才入軍等）。思想方面也推重老莊，而『歸之自然』的主張則更導陶潛『返自然』的先路。劉伶（210?—270?）字伯倫，沛國人。他的詩只存一首五言的北芒客舍詩，風格却迫近阮籍。這兩人是比較重要的，餘如何宴，嵇喜，阮侃，郭遐周等，便不必一一細述。

* * * * *

現在我們講陶潛以前的六朝詩人。

晉代詩人向稱『三張二陸兩潘一左』，其中左思是較偉大的作家。左思（250?—305?）字太冲，臨淄人。他的作品存者不多，然詠史八首實爲中古期內有數傑作。牠們名爲詠『史』，實卽詠『懷』。篇中或自抒抱負，或發洩牢落之氣，有時則作自己安慰自己的話。他胸次高曠，筆力雄邁；較之潘陸輩，高明得多了。此外，劉琨及郭璞差可與他比肩。劉琨(271—318)字越石，魏昌人。他是一位失敗的英雄，蒙難後作詩三首：答盧諶，重贈盧諶及扶風歌，（還有一首胡姬年十五是假的）。這三首的作風是如此悽戾而清拔，所以篇雖少，然在晉詩中實當列入上乘。郭璞(277—324)字景純，聞喜人。他的傑作當推遊仙詩十四首。不過我們要知道牠們並不是歌詠赤松王喬，而實亦『詠懷』詩之流亞。六朝詩人常有『詠史』『遊仙』『擬古』『雜詩』等題，內容則常常是感憤之辭。這種作品常是最能流露詩人真性情的抒情好詩。郭璞遊仙便是一例。總之，這三位是陶潛以外的晉詩人的領袖，是無庸置疑的。

其他次要的詩人很多，我們選出五位來附帶述一述。傅玄（217—278）字休奕，泥陽人。他性質剛直，而言情小詩如車遙遙，短歌行等，則頗婉轉可誦。五言的雜詩也膾炙人口，但其他則未能稱是。張華(232—300)字茂先，范陽人。他的情詩是很著稱的，風格很『華艷』，可惜其餘幾篇都不很好。張協（265?—315?）字景陽，安平人。他與兄載弟亢並稱『三張』，存詩不多。其中雜詩較佳；無論寫景或抒情，都可與傅玄張華比肩，較潘陸猶勝一籌。陸機(261—303)字士衡，吳郡人。他與弟雲並稱『二陸』，存詩較多，而拙劣異常。在當時，他幾執文壇的牛耳；但現在看來，只有猛虎行等一二篇差強人意罷了。潘岳（240?—300?）字安仁，中牟人。他與任尼並稱『兩潘』，詩以悼亡爲最著稱，然亦笨拙得很。這幾人外，還有束皙石崇王讚孫楚等，但並不重要。

* * * * *

其次講陶潛。

陶潛（372?—427）字淵明，潯陽人。關於他的生年，有四種異說：關於他的名字，也有四說；關於他的籍貫，有三說；關於他的祖先，異說也不少。所以，雖然他的傳記材料在古詩人中算是最豐富的，但我們若要綜合的作個小傳，反而感覺困難。現在只好把這些撇開。大概他的生平可分四個時期。三九一年以前，他正當少年，沒有什麽重要事蹟。三九一至四〇五年，是他在社會上服務的時候。初作鎮軍參軍，又為建威參軍，後補彭澤令，不久自免歸。四〇五至四二〇年，他在故鄉做隱士，曾徵著作郎，不就。四二〇年以後，晉亡了，他便做起遺老來了。他晚年生活很清靜，易簀時他還從從容容的做挽詩。

他的詩，除歸田園居第六首，問來使等是後人偽託外，見存者約一百五十首。各篇時代大都可考，我們可分為三期，以四〇五年退隱及四二〇年晉亡為分界，與他生平事蹟同樣的劃分。第一期作品約三十首。其中四言的如命子之類，是很平庸的。五言的便好些，最傑出者當推歸田園居。他寫自己的生活，是那麽恬靜，那麽自然，顯然是成功了的作品。第二期的作品約五十首。此時四言詩如榮木等，還是不高明。五言詩在內容方面似較前期更爲充實。其中最値得注意的是飲酒二十首。這些不是一朝一夕所作，故內容亦是多方面的；或嘆盛衰的無定，或悲生命的短促，或借物以喩意，或咏史以見志，或寫自己的飢寒，或述自己的操守。前人推爲『隱逸詩人之宗』，却非偶然。第三期作品約四十首。其中並無四言詩，這是値得注意的。此時題材集中於貧窮，如乞食，詠貧士便是。餘如擬古與雜詩乃是『詠懷』一流的詩。篇中一面寫他的舊夢如何燦爛，一面寫他的暮境如何悲涼，對照起來，格外動人。使牠們成爲晚年的傑作。此外時代不可考的作品，還有四言的約十首，五言的約二十首，都不大重要，我們可以略過去。

現在我們差不多一致承認陶潛爲中代期內第一流的偉大詩人，然而在當時却不大被人注意。他的影響至唐代始顯著，他在文學史上的地位也到唐以後方確定。

* * * * *

最後，我們述陶潛以後的六朝詩人。

自陶潛之死至唐詩之興，幾二百年。當時的詩人，實不在少數。現在我們分兩部分去講，一是謝靈運鮑照等，一是謝朓庾信等。

謝靈運(385—433)，陳郡陽夏人。他是個貴公子，又愛遊山玩水；故他的作品，內容方面以山水爲主，形式方面以琱琢爲貴。如過始寧墅，入彭蠡湖口等，可算是寫景好詩；然多用駢句，使讀者感到不愉快，膾炙人口的登池上樓亦未能免此。而且他喜歡用周易，莊子等書成語，食而不化，笨拙異常。故他在當時雖享大名，然實不如阮陶。鮑照（415?—470?）字明遠，東海人。他的名位遠不如謝，然他的詩却較謝爲佳。他的詩半爲徒詩，半爲樂府，樂府中半爲五言，半爲七言或雜言。就文學的技術方面言，作品中徒詩不如樂府，樂府中五言不如七言。七言的樂府如代淮南王，梅花落等均稱佳構，而傑作當推行路難十八首。至於徒詩方面，則與謝靈運同陷於駢偶的毛病。與謝鮑同時的小詩人，如顏延之，謝惠連，謝莊，鮑令暉等，還有不少，其地位更低了。

至於謝眺等人，便是所謂『新體詩人』。什麽叫做『新體詩』？這個名稱始見於王闓運的八代詩選，用來指永明以後微有格律的作品。本來永明以前，詩歌中早就有駢偶的趨勢，同時『小詩』也在樂府中發揚滋長。永明時沈約王融謝眺等詩人，捉住這歷史的趨勢，再提倡四聲與八病之説，詩的格律便漸漸成就。四聲郎是平上去入，八病郎是『平頭』，『上尾』，『蜂腰』，『鶴膝』，『大韵』，『小韵』，『旁紐』，『正紐』。當時反對與擁護者蜂起，而八病的解釋尤多歧異。但這種趨勢却終於在唐代演成『絶』『律』等體裁了。

新體詩人之在南方者，以謝眺爲最重要。謝眺(464—499)字玄暉，陳郡陽夏入。他的詩也有不屬於新體者。就其屬於新體者觀之，他顯然長於寫景。如出藩曲，移病還園示親屬等，均算佳作。他又擅長『絕句』如玉階怨，金谷聚，王孫遊，幾乎篇篇都是好詩。新體詩開始卽得這樣一位作家，自然能塞反對者之口，而一帆風順了。沈約(441—513)，字休文，吳興武康人。王融(468—494)字元長，琅邪臨沂人。這兩人都是新體詩的提倡者，但成績却不如謝眺。然如沈約的汎永康江，別范安成等，王融的臨高台等，無論寫景言情，都算差強人意。自後作家輩出，較知名者有江淹，吳均，何遜，徐陵，徐鏗等。

新體詩人之在北方者，以庾信爲最重要。庾信(513—581)字子山，新野人。他原在南朝，後來方歸北朝，故他的作風也先後互異。在南方的，畫屏風詩可爲代表，風格是『淸新』的。在北方的，詠懷詩可爲代表，作風是『老成』的。但無論在南在北，詩的音節却始終是異常和諧的。他以外的詩人，還有王褒，薛道衡，楊廣等。

* * * * *

中國詩歌自魏至隋的情狀，大略如上。到六世紀時，已無第一流的作家了。一般人都認爲這是中國詩歌的中衰時期。至於詩歌的中興，那却有待於唐代的詩人。

第六講終

第七講　唐代的詩

唐代的詩，習慣上常分爲四個時期：七世紀爲初唐，八世紀上半期爲盛唐，下半期爲中唐，九世紀爲晚唐。這種分期是不大合理的。縱觀這三百年的作品，七五五年安史之亂是個大關鍵。這一年便把唐詩分成兩截，我們講文學史也當依此分期。

*　*　*　*　*

現在我們先述安史亂前的唐詩。

唐初承齊梁之後，詩人分成兩派：一是反對齊梁詩而加以改變的，一是繼續齊梁詩而加以發揮的。前一派作家較少，其重要者有二：

（1）王績（590?—644）。——字無功，絳州龍門人。他生當亂世，惟以飲酒自遣，崇拜阮籍陶潛等人，故其詩亦無齊梁習氣。如古意，如薛記室收過莊見尋，如晚年敍志等，均是明證。

(2)陳子昂(656—698)。——字伯玉，梓州射洪人。他是自覺的主張復古的人，與東方公書說明很詳細。詩中最膾炙人口者爲感遇詩三十八首，確能脫盡齊梁萎靡之病。他如登幽州台歌等雜言詩，亦自然而悲壯，值得我們注意的。

此外還有一位白話說理詩人王梵志，也與齊梁異趣；因比較的不大重要，故不備論。

準齊梁派作家較多，四傑與沈宋爲代表：

(1)四傑。——王勃(650—678?)字子安，王績侄孫。楊炯(650—700?)，華陰人。盧照隣(650—690?)字昇之，范陽人。駱賓王(650?—684?)婺州義烏人。他們合稱『四傑』。在體裁方面，他們完成七古（如王勃滕王閣與盧照鄰長安古意等）與五律（如楊炯從軍行與駱賓王在獄聞蟬等）。風格上特點有二：一是音調婉媚，最顯著者爲王勃採蓮曲；一是調句秀麗，例多不勝舉。其接近齊梁，自無疑問。

(2)沈宋。——沈佺期(650?—715?)字雲卿，相州內黄人。宋之問（650?—712)字延清，汾州人。二人齊名，時稱『沈宋』。他們在體裁方面，完成了七絕（如沈的北邙與宋的傷曹娘等）與七律（如沈的獨不見與宋的三陽宮石淙等）。這與四傑同爲繼續新體詩未竟之功的。

同派者如杜審言，上官儀，楊師道，劉希夷，張若虛等還不少，我們只好略過，因爲他們的作品大部沒有什麼很高的價值。

* * * * *

但是到了八世紀，偉大的作家便陸續產生了。我們可以把他們分成王維岑參兩派，依次敍述。

王維(701—761)字摩詰，太原祁人。九歲知屬辭，十九歲舉解頭，爲大樂丞，擢右拾遺。尋拜文部郎中，時弟縉任武部員外，並爲豪右所歡迎。安史亂起，爲賊所獲；賊平，授太子中允，累遷尚書右丞。晚年好佛，隱居藍田別墅，頗閒適。他的作品有三種特點。第一，詩的形式以五言爲主。除樂府中有幾篇膾炙人口的七言詩如桃源行，渭城曲等以外，其餘的傑作大都是五言的，例多不勝枚舉。第二，詩的內容以寫自然的美爲上。例如輞川集二十首五絕便全是如此的，集外如歸嵩山作，終南別業等亦然。故蘇軾稱他「詩中有畫」。第三，詩的風格取靜不取動，重澹遠而摒雄放。王維是個「靜觀自然」的人，詩中尤喜用「靜」字，因此便影響到作風。

這三點，不僅王維爲然，同時有好幾位詩人皆然。我們稱他們爲『王派』，其中較重要者二人：

(1)孟浩然(689—740)。——字浩然，襄陽人。他與王維並稱『王孟』。他全集中七言詩僅十三分之一，可見是以五言爲主的。他的五言傑作如夏日南亭懷辛大之類，可以證明他是個『靜觀自然』的詩人。不過他較王維更愛律體，五律佔全集五分之四可證。故我們若以王擬陶潛，則他可比謝靈運。

(2)儲光羲(700?—760?)。——字光羲，兗州人。他的作品，無論是形式，內容，風格，都迫近王孟。但有兩個小異點：第一，他的詩近於民歌，如樵父詞，牧童詞等。第二，他特別注重農村的描寫，如田家即事，田家雜興等。這一點導源於陶潛，而影響到後來范成大等詩人。

此外如裴迪，丘爲，綦毋潛，祖詠等人，也可算是王派的詩人。但他們的地位比較的不重要些。

*　*　*　*　*

其次述岑參一派。

岑參(720?—770?)南陽人。他早歲孤貧，能自砥礪，工綴文，時人以擬吳均何遜。天寶三年登進士第，官右率府兵曹參軍。安史亂後又爲監察御史，右補闕。尋出爲虢州長史，關西節度判官。代宗時爲嘉州刺史。晚年參杜鴻漸幕於西川。使能後寓居於蜀，旋卒。他與高適並稱『高岑』，但岑參遠勝於高適，故這派領袖當是岑不是高。岑詩有三種特點。第一，詩的形式以七言爲主。他的傑作幾乎全是七言。如題匡城周少府廳壁，山房春事等都是。第二，詩的內容以寫戰爭或其他類似的題材爲主。這種作品多到不勝枚舉。大概岑參有點瞧不起白面書生而對壯武的將軍則非常艷羨，銀山磧西館及與獨孤及道別長句可證。所以，他所描寫的戰爭，如輪台歌，獻封大夫破播仙凱歌等，大部是贊頌而非詛咒。第三，詩的風格取動不取靜，尙雄放而擯澹遠。這恐與題材有密切關係，除戰爭外，他寫暴風（如走馬川行），寫大雪（如白雪歌），寫酷暑（如熱海行），寫烈寒（如天山歌），甚至寫歌，寫舞，寫馬，寫人，都與別的作家不同，尤其與王派詩人恰恰對峙，爲盛唐主要的一派。

當時的詩人可算入岑派者亦不少，其重要者爲下列二人：

（1）高適（700?—765）——字達夫，渤海人。他的作風與岑參完全相同，如燕歌行，邯鄲少年行，營州歌等，都是明證。我們於此不必贅說。

（2）王昌齡（700?—?）——字少伯，江寧人。他與高適王之渙齊名，與岑參似無甚往還。他也喜歡以戰爭爲題材，如箜篌引，城傍曲等都是。不過他的詩大都是『非戰』的，與岑參異。他又長於七言，而七絕尤稱擅長。如芙蓉樓送辛漸，長信秋詞，出塞，閨怨，殿前曲等，均膾炙人口，不勝徧舉。

他如李頎，王之渙等人，我們不細論了。

* * * * *

現在我們研究大詩人李白。

李白(701—762)字太白，西域人。五六歲時，徙家廣漢，卽爲蜀人。他幼卽聰穎，十歲能通詩書，觀百家。稍長，能作賦；又好劍術，據說嘗手刃數人。弱冠卽爲禮部尙書蘇頲所賞識，許以可與司馬相如比肩；與東嚴子隱於岷山，郡守聞而舉之，並不起。自後出遊今湖北，湖南諸地，在故相許師圉家結婚。又至江蘇，山東等處，與孔巢父等酣飲於徂徠山，號『竹溪六逸』。大概他四十歲以前，都在這樣漫遊中度過。天寶初年，他與道士吳筠隱居會稽，不久卽一同應召赴京。從此他便牽入政治的旋渦。初待詔翰林，甚爲玄宗所敬重；然而賦性縱浪，與賀知章等號『酒中八仙』，終於沒有顯達。因此又浮遊今山西，河南，安徽一帶。恰巧安史亂起，玄宗奔蜀，永王璘有據江南獨立之意，李白亦在幕中。及璘敗，白亦長流夜郎；未至，遇赦。暮年依李冰陽於當塗，尋卒。

李白是個與杜甫同時而又齊名的大詩人，但是他們有個根本的大異點。杜甫是啓後的，李白是承先的。上文曾講過王維與岑參兩派的詩人，他們的長處，李白是能兼而有之的。例如望終南山寄紫閣隱者，訪戴天山道士不遇，敬亭獨坐等，便是寫自然之美的五言傑作。又如夢遊天姥吟，廬山謠，蜀道難等，便是風格雄放的七言傑作。我們的意思自然不是說誰模仿誰，只是表示李白有兼人的才氣罷了。但是我們知道，豪放之士固然要『醉臥沙場』，隱逸之士也愛『舉杯邀月』，所以李白便常常以酒爲題材。如襄陽曲，下終南山過斛斯山人宿置酒，月下獨酌，宣州謝朓樓餞別校書叔雲等，都是陶潛而後的咏酒傑作。其實呢，我們的詩人也不是眞豪士，也不是眞隱士，他的縱酒既不去上馬殺賊，也不僅吟風弄月。他只是要『舉杯消愁』，『陶然忘機』而已。同時，他也墮入『飲醇酒多近婦人』的頹廢公式內，言情之作頗多。如清平調，妾薄命，長相思等，都是膾炙人口的傑作。而江上吟，憶舊遊等篇，則更以酒與美人相提並論。總之，李白是極浪漫與頹廢之能事，七五五年的漁陽鼙鼓並沒有驚動他一點。這不僅李白如此，盛唐詩人如王孟，如高岑，那個不目擊亂離之苦，然而沒有一人在作品中留下影象的。這一點很值得我們注意。

* * * * *

安史之亂以前的唐詩，略如上述。但亂起以後，便不同了。他們不再去歌功頌德，不再去飲醇酒近婦人了。他們轉變方向，去寫亂離中的痛苦，去寫社會上的病象。技術方面也特別認眞，甚至一吟而雙淚皆流。這其間，杜甫是個偉大的領袖。

∨杜甫(712—770)字子美，鞏人。他很聰明，七歲能作詩，九歲能書大字，十五歲便能與文士們相酬應。二十歲起，漫遊晉，吳，越，齊，趙，歷十餘年，遂留長安。到四十歲時，以三大禮賦，爲玄宗所賞識，待制集賢院。不久，安祿山反了，他身陷賊中。脫賊後，拜左拾遺。中間又播遷了幾次；到晚年入蜀依嚴武，武表爲參謀，檢校工部員外郎。武卒他離蜀東下，竟卒於潭岳間之寓次，年五十九。依照他一生的事蹟，他的詩可分爲四個期：

(1)第一期。——安史亂前的作品爲第一期。此時正當他的盛年，詩中多自抒抱負的話。表現得最詳細的是奉贈韋左丞丈及自京赴奉先縣詠懷等首。同時，又連帶產生些奔走權門的詩如贈特進汝陽王等，以及碰壁後發牢騷的詩如官定後戲贈等。

(2)第二期。——安史亂中的作品爲第二期。他或敍當時的戰蹟如悲陳陶等，或述喪亂的情形如晚行口號等，或自傷身世如喜達行在所等，或掛念妻子如羌村等，或希望太平如送靈州李判官等，或譏刺尸位如洗兵馬等，而以三吏三別等新題樂府爲最沉痛。

(3)第三期。——入蜀後的作品爲第三期。此時已到他的晚年，壯志消磨了，希望也破裂了，只是平淡的過着他的日子。如江村與慢成等便是表現這一方面的。其他寫景的詩如靑陽峽與飛仙閣之類，詠物的詩如螢火與銅瓶之類，也是同時的產品。

(4)第四期。——離蜀後的作品爲第四期。他年已望六，詩多感傷之作。或回憶自己的童年如壯遊詩等，或哀悼已死的朋友如八哀詩等。甚或追懷往古的人物如詠懷古跡等。這一期與第三期產生作品特別多，幾佔全集四分之三以上，是我們所當知道的。

以上分述四期的特點，而總看起來，有兩點是該注意的；一是內容方面側重民間痛苦。卽在第二期以外，也多這類作品，如第一期的兵車行等，第三期的驪非等，第四期罷穀行等都是。二是形式方面以警鍊見長。他自己一則說『新詩改能自長吟』，再則說『語不驚人死不休』，三則說『晚節漸於詩律細』，可見他很注意技巧方面，而以工力見長的。後來，形式方面便衍成韓愈一派，而內容方面則衍成白居易一派。

* * * * *

現在先述韓愈及其同派的詩人。韓愈(768—824)字退之，南陽人。幼孤，由寡嫂鄭夫人撫育；好學能文，二十五歲登進士第。他的官運不大亨通，到四十歲後，方以佐裴度平淮西功爲刑部侍郎；尋以諫佛骨事，貶爲潮州刺史。穆宗卽位，召他囘來，做兵部及吏部侍郎。卒年五十七，贈禮部尙書。他以提倡古文，爲當時文壇重鎭，自他以後。中國的散文便開一個新的局面。關於這一點，我們將在下編詳述，現在只研究他的詩。他的詩是繼承杜甫的形式方面的，其特點有三：

(1)句法的不平常。——五言詩句作上一下四，如符讀書城南等；七言詩句作上三下四，如送還弘南歸等。

(2)章法的不平常。——如雙鳥連用兩句「不停兩鳥鳴」，又如南山連用五十一個「或」字，等等。

(3)用韻的不平常。——得韻寬却要泛入旁韻，如此日足可惜等；得韻窄則不再旁出，以難見巧，如病中贈張十八等。

這顯然是受杜甫「語不驚人死不休」的影響。他好奇的結果，便做出許多不像詩的詩；如忽忽，如嗟哉董生行，幾全是散文的格式。因此，有時反做成明白如話的好詩，如山石與贈劉師復之類。這眞是他意外的收穫了。

與他同派的詩人，較重要者有二：

(1)孟郊(751—814)。——他是個與韓愈並稱「韓孟」的詩人，字東野，湖州武康人。要知他的作風怎樣的逼近韓愈，最好讀他倆的聯句，如城南聯句，納涼聯句，征蜀聯句等等，大都作於能溧陽尉後。兩人選奇爭勝，工力悉敵，如出一手。唯一的異點，是孟郊多「窮苦之句」，如借車與答友人贈炭等等都是，而韓愈則不至如此寒酸。

(2)賈島(777—841)。——他是個與孟郊並稱「郊寒島瘦」的詩人，字浪仙，范陽人。他與孟郊同樣的「喜爲窮苦之句」，如客喜，朝飢之類。因爲以刻畫爲能事，有時便要衍成怪語，甚或變爲不通的話，如哭柏巖和尚之類。

這派末流，便像盧仝馬異劉叉那樣，專以說怪話爲能事。杜甫力求驚人的影響，至此似走入魔道了。

※　※　※　※　※

其次，我們述白居易及其同派的詩人。白居易(772—846)字樂天，下邽人。他生有夙慧，六七月便識之無，五六歲便會做詩。二十七歲成進士，授祕書省校書郎。以後歷任翰林學士，中書舍人，刑部侍郎等職。中間以讜言外放，爲江州司馬及蘇州刺史。晚年爲河南尹，太子少傅。初封晉陽縣男，進封馮翊縣開國侯，後以刑部尚書致仕，卒年七十五。他生當安史亂後，接受杜甫的影響，更鮮明的主張『文章合爲時而著，歌詩合爲事而作』(與元九書)。對於自己的詩，分成下列四類：

(1)諷諭(『……關於美刺者……因事立題……者』)。

(2)閒適(『……知足保和，吟玩性情者』)。

(3)感傷(『……隨感遇而形於歎詠者』)。

(4)雜律(『五言七言，長短絕句……』)。

後二種是他自己所輕視的，其實在前二種中也只諷諭詩值得我們細論，因為這是實行他自己的主張的。他或取材於史事如青塚等，或取材於動物如慈烏夜啼等，或取材於自己的生活如觀刈麥等，而最普遍的是直刺時事如凶宅及宿紫閣山北村等。諷諭詩中的傑作當推秦中吟十首及新樂府五十首。他如長恨歌，琵琶行等，雖也膾炙人口，但比較起來已是次要的作品了。

同派詩人甚多，重要者是下列二人：

(1)元稹(779—831)。——他是個與白居易並稱『元白』的詩人，字微之河南人。他與白居易友誼最深，主張亦同。為樂府古題十九首及新題樂府十二首，卽秦中吟與新樂府一流的作品。此外還有不少的『古諷』『樂諷』『律諷』等等。不過他的工作不如白之努力，而藝術亦較白爲劣。

(2)張籍(765?—830?)。——字文昌，東郡人。他雖與韓愈爲友，而作風則近元白。白居易極稱頌他的『古樂府』，如學仙可諷放佚，董公可誨貪暴，等等。他如山頭鹿之憫農夫，沙堤行之譏權貴，征婦怨之刺用兵，北邙行之戒惡俗，都是元白嫡派之作。

此外還有年代較元白爲早的元結與顧況，以及同時的作家如李紳等，似乎不大重要，所以一概略去。

* * * * *

中唐的詩人，自以上述兩派爲主。此外，似乎還有一派是受王維的影響的。我們舉四位爲代表：

（1）劉長卿（710?—780?）。——字文房，河間人。作品以五言見稱，號「五言長城」，又喜與「上人」（如靈徹，少微，道標等）來往。其龍門雜詠，浮石瀨等首，風格逼近王維。但他較王更注意字句的修飾，且長於五律（如尋常道士，喜皇甫侍御相訪等）。

（2）韋應物（735?—830?）。——京兆長安人。集中無論就量或質言，都推五言爲第一，白居易蘇軾也特別推重「韋郎五字詩」。他喜擬古，尤愛陶潛（如與友生野飲等），而詩中喜歡用「靜」字（如聽嘉陵江水聲及澄秀上座院之類）則顯然是王維的影響。

（3）劉禹錫（772—842）。——字夢得，彭城人。他也以「善五言詩」著稱當時，集中近體尤多如題湖城驛池上亭，平泉潭上等都是佳搆，故於劉長卿爲近。又因他曾遠竄南荒，詩中滲入不少「武陵夷俚」的體裁與題材，如竹枝詞之類，很值得注意的。

(4)柳宗元(773—819)。——字子厚，河東人。集中詩以五言爲多，五言中以古體爲多，故近於韋應物。他的五古大都以自然的美爲題材又喜用『靜』字，(如晨詣超師院，與崔策登西山等)，正是與其他王派詩人一樣。至他詩中多異鄉風味，則以與劉禹錫一同南竄之故，但他喜歡掉書袋(如嶺南江行及柳州峒氓等)，不如劉之自然。

除王派外，中唐還有不少的詩人如王建李賀等，不及徧講。

晚唐的詩人也不在少數，有的繼承韓派，有的繼承白派，但無傑出的作者。現在我們只提出這三位：

(1)杜牧(803—852)。——字牧之，京兆萬年人。他的詩有兩方面：一是豪邁，如樂遊原及旅宿等；一是艷冶，如贈別及張好好詩等。而在形式方面，則以七絕爲最成功，寄韓綽及泊秦淮等皆都極膾炙人口。

（2）李商隱（813—858）。——字義山，懷州河內人。他的詩以『精密華麗』著稱，如河內詩，相見時難別亦難等。但因刻意求工之故，便現出晦澀的缺點來；如錦瑟一篇，我們簡直無法懂得作者的本意。

（3）溫庭筠（820?—870?）。——字飛卿，太原人。他的詩，古體者多麗句，如夜宴謠及曉仙謠等，（似有點齊梁詩的影響的痕跡）；近體則較清疏，如利州晚渡及商山早行等是。

唐詩至此，精華已竭；同時詞的體裁却漸興盛（如溫庭筠的詞勝於詩），開中國詩壇的新局面。關於這一點，我們將在下編詳述。

第七講終

第八講　散文的進展（上）

中國的散文到前三世紀的時候，已經完全成立了。那時，第一流的哲學家與歷史家，紛紛出現。固然他們著書的目的不在文學，而在記載史事或發表主張，但同時却把散文的技術發展到個相當的高度，竟使嗜古的人們，認爲後代散文不能越出古代的範圍。現在我們要用不偏的態度，把前二世紀以後的散文，論述一下。

* * * * *

爲便利計，我們先講辭賦的演進，其次再講別的文章的演進。『賦』乃是中國文學史上一件特殊的產品，其中也有一部分是有韵的，但就大體看來，却是近文不近詩。牠的起源，一般人都追溯到楚民族的屈平與宋玉。但屈平離騷等篇實完全是詩歌，而宋玉風賦等篇又係後人的僞託，所以我們以爲賦的始祖當屬荀況。荀況賦篇等篇與後代的賦的關係，已在上文論秦民族文學時講過。現在我們要述他以後的賦如何演進。這裏可分四個段落：一，西漢，二，東漢，三，魏晉，四，南北朝。

西漢賦家對於賦的演進上有個很大的貢獻，那便是「楚辭體」與「散文體」的採用。荀賦是用詩經的體裁而略加變動的，這種體裁極難容納複雜的內容，而騷體或散文則比較自由得多，作者可以任意馳騁。第一個採用騷體的是賈誼。賈誼（前201—169）洛陽人，幼從張蒼學，以秀材稱於郡中。文帝召爲博士，遷太中大夫。尋出爲長沙王太傅，復徵爲梁懷王太傅。後梁王墮馬死，他自傷爲傅無狀，常哭泣，歲餘亦死。他的作品以弔屈原賦與服賦二篇爲最重要。前者不但體裁是騷體，辭句意境也都模仿屈平。後者體裁近荀賦，也偶有擬天問的地方。還有惜誓，旱雲賦等，眞僞不可知，但體裁則完全與離騷一樣。總之，賈誼是溶合屈荀二人之作而成一種新的賦體，自後『辭』『賦』便成一種聯綿字了。與賈誼同時的賦家，還有很多。當時貴族如楚元王交，吳王濞，梁孝王武，淮南王安等，多喜招徠文士，其作品則以辭賦爲主。其中較重要的是枚乘，他是第一個採用散文的體裁的。枚乘（前215？—135？）字叔，淮陰人。他初從吳王梁王遊，後景帝拜爲弘農都尉。武帝卽位，以安車蒲輪徵他，但年紀太老了，死於道中。他的作品有七發，梁王菟園賦，柳賦等。其中傑作當推七發，他述楚太子與吳客的問答八段，曲折敷陳，辭極靡麗。體裁是有韵的散文，間亦用『兮』字。枚乘以前，如淳于髡說齊威王，莊辛說楚襄王等段文字，可說是這種體裁的開始。到後來一面影響到司馬相如等，一面又使『七』成爲一種特殊的東西。所以枚乘與賈誼實爲漢初辭賦的兩大柱石。

自此以後，賦是最風行的文體。自武宣至於孝成，奏御者千有餘篇。其間最傑出者，當推司馬相如與揚雄。司馬相如（前180?—118）字長卿，蜀郡成都人。景帝時，爲武騎常侍，因病免；客遊梁，與枚乘等同舍。梁孝王卒，歸依臨邛令。武帝時，同鄉楊得意薦他，遂爲郎；又拜中郎將，使於蜀，還爲孝文園令。後病免，居茂陵，卒。他的作品有子虛賦，大人賦，封禪文等。子虛賦（包括上林賦）是散文體裁的代表作，大人賦是楚辭體裁的代表作；賈枚二人之所開創的，到相如手裏算是完成了。不過堆砌太過，文句晦澀，以舖張爲能事，而無深刻的意義，實不能與於第一流的作家中。餘如美人賦，長門賦等，則頗有僞託的嫌疑。揚雄（前53—後18）字子雲，是相如的同鄉。成帝時，同鄉楊莊薦他文章似相如，遂爲郎，又給事黃門。王莽篡位，他以耆老久次，轉爲大夫，校書天祿閣上。年七十一，卒。他作文以模仿爲主，仿易作太玄，仿論語作法言，仿倉頡作纂訓，仿虞箴作州箴，仿離騷作廣騷，而他的賦乃是仿相如的。如甘泉賦，河東賦等，是用楚辭的體裁的；而蜀都賦，羽獵賦，長楊賦等，則用散文的體裁：這與相如同為完成賈枚二種體裁的。賦的形體至此成立了，而賦的命運也至此確定了。堆砌，晦澀，浮夸，模擬，這是馬揚的缺點，同時也是大多數賦家的缺點。賦在當時雖稱極盛，而在文學史上却遠不如樂府的重要者，在此。

* * * * *

其次，我們述東漢的賦。這二百年中究竟有多少作家與作品，現已無從考知。就見存者說，大約有三十餘人，八十餘篇。其中，我們挑出班固，傅毅與張衡作代表。班固(32—92)字孟堅，扶風安陵人。他家自秦末以來二三百年中，都是又富又貴的大族。其父班彪作史未成，他繼續做完，卽有名的漢書。明帝時除蘭台令史，和帝時大將軍竇憲以為中護軍。後來牽連獲罪入獄，卒。他的辭賦以外的作品，我們在下文另講，現在只講辭賦方面。就這一方面看來，他的重要有二點：一，他是賦京都的創始者。賦既以敷陳爲主，題材必然的集中於皇室。在他以前，只是零碎的取材，到他的兩都賦方是包羅萬有的作品，其影響於後代作家者，頗大。二，他是賦的理論家之最早者。相如揚雄也未嘗不有零碎的理論，但班固的離騷贊，離騷序，兩都賦序及漢志詩賦略等，確是關於賦的批評及歷史的重要文獻。這兩點與他的家世是極有關係的。就他的賦的全體看來，則堆砌模擬之病，均未能免。傅毅（40?—100?）字仲武，扶風茂陵人。他與班固同時而齊名，二人同爲蘭台令史，又同在竇憲處任職。他的洛都賦似是受兩都賦的影響而作的（揚雄也賦『蜀都』，但那不是京師），他的七激似是模擬七發的，都沒有什麽價值。他的舞賦比較的值得注意。以賦寫女性美或兒女情者，如宋玉神女賦及相如美人賦等都有僞託的嫌疑；自傅毅以後，方成爲賦家最普遍的題材。這一方面是班固所沒有的。張衡（80?—140?）字平子，南陽西鄂人。永元中，舉孝廉。永初中，徵拜郎中，遷尚書郎，轉太史令。陽嘉中，遷侍中。永和初，出為河間相。尋徵拜尚書，卒。他的賦，存者較班傅為多，而均未能逸出二人的範圍。他的二京賦擬班固，他的舞賦擬傅毅，是很顯然的。他二京賦外還有南都賦，舞賦之外還有定情賦，性質都是相近的。他的思玄賦則與班固幽通賦同為模仿屈平離騷，而羽獵賦又有揚雄的影響。髑髏賦的題材比較不陳腐一點，但也沒有什麼精采。總之，我們把這三位賦家合看起來，雖然是東漢二百年的代表，但在全部文學史上的地位，是非常有限的。

* * * *

其次，講到魏晉的賦。

魏賦以王粲及曹植二人為較重要。二人都是當時重要的詩人，其事蹟及詩歌

已詳上文，現在只論他們的辭賦。王粲的賦，存者頗多，而登樓賦最稱傑構。漢賦少短篇，尤少抒情；像登樓那樣的短篇抒情作品，較之又長又笨的漢賦有意思得多了。此外，咏物的小賦也很多，如迷迭賦，瑪瑙勒賦，白鶴賦，鶯賦等，也都是以前賦家所不常用的題材。曹植存賦更多於王粲，大約有五十首。其中有咏物的，如寶刀賦等；有抒情的，如幽思賦等；有說理的，如玄暢賦等；有紀事的，如東征賦等；言兒女情者最多，如愍志賦，靜思賦，感婚賦，洛神賦等，而洛神賦尤膾炙人口。自曹王以後，辭賦不僅是獻媚主上的工具，牠也是文人自由抒寫的一種東西，體裁較玲瓏，而內容則更擴大，更複雜了。

晉代的賦家中，我們選出左思，潘岳及陸機三人爲代表。他們的事蹟及詩歌已經講過，此處只講他們的辭賦。左思是繼承漢賦的規模的，他的出名的三都賦可證。相傳他以十年工夫搜集材料，得着好句即記下來，連廁所裏也擱着紙筆，作成後居然轟動了一時。但這種七拼八湊的東西，只配受後人「類書」的譏評，而不能算文學作品。倒是藝文類聚所載白髮賦，雖不爲一般人所注意，然實與他的嬌女詩具有同一風趣，似更值得我們的注意。潘岳與陸機乃是繼承曹王小賦的遺風的。潘岳賦存二十餘首，以抒情與咏物爲主。咏物的大都不好，抒情的則頗值一讀，如秋興賦，懷舊賦，閒居賦等，比他的五言詩高明的多了。又有西征賦一篇，又長又笨，似是上了漢人的當。陸機存賦與潘岳等，內容則以抒情爲主。如歎逝賦，感時賦等，似亦較他的詩爲勝。其他咏物的如瓜賦，說理的如大暮賦等，都不好。卽膾炙人口的文賦與豪士賦等亦不高明，而文賦之笨亦不下於潘岳西征。這三人以外的賦家，如郭璞，孫綽等，我們擬略過不講了。

* * * * *

最後，我們講南北朝。上文曾指出兩漢大賦之笨拙，至魏晉則易以玲瓏的小賦。南北朝繼承這小賦的趨勢，而又漸變爲『靡靡之音』，無復前代雄偉的氣魄，賦之一體終於衰絕了。在這賦的演進的末段裏，我們選出鮑照與江淹代表五世紀，庾信代表六世紀。

鮑照本是中世的大詩人，其事蹟及詩歌已詳前文。他的賦的形式是短篇，內容是抒情與咏物，這顯然是繼承魏晉以來的趨勢的。抒情的如遊思賦，傷逝賦等，咏物的如芙蓉賦，舞鶴賦等，都很平凡，遠不如他的詩。但他的蕪城賦確是篇佳作。他與漢賦家同樣的以鋪陳爲能事，同樣的以都城爲題材，然而他所寫的恰是漢賦家所取的反面。短短的數十句，寫盡了歷代興亡的陳迹：辭句無堆砌之弊，而情感有動人之力。其傳誦至今，當非偶然。江淹（444—505）字文通，濟陽考城人。劉宋時，爲建平王參軍，領南東海郡丞。齊高帝時，以勸進功，爲中書侍郎。武帝時，遷驍騎將軍，兼尚書左丞，領國子博士。明帝時，加輔國將軍，出爲宣城太守。梁初，遷吏部尚書，封醴陵侯，卒謚憲伯。他的賦很多，但內容亦不外抒情與咏物，至漢人上林，羽獵，兩都，二京之類的大賦，是絕對沒有的。不過咏物的如燈賦，靑苔賦等都不大高明，而抒情的如恨賦，別賦等則頗膾炙人口。江淹似很側重兒女閨情的描寫，如麗色賦，倡婦自悲賦，水上神女賦等，不一而足。這與當時詩歌上盛行宮體是恰恰並行的。庾信也是一位重要的詩人，其事蹟與詩歌均詳上文。他在賦的歷史上是位壓陣大將，小賦演進至此已嘆觀止。其中如春賦，小園賦，對燭賦，鏡賦，燈賦，都爲人所傳誦。有時簡直像七言或五言的古詩，流麗輕盈，與漢賦大異其趣。鮑賦曾有『拔身幽草下，畢命在此堂』句，江賦亦有『春宮閟此靑苔色，秋月含玆明月光』等句，但庾賦獨多此體，故値得注意。至於他的哀江南賦，雖極感慨淋漓之致，而堆嵌典實終是『白圭之玷』。

以上我們略述自漢初至隋的八百年中賦的歷史，以賈誼至庾信十五賦家作代表。此外作家尙多，我們不能一一詳述；而且爲明瞭賦的演變計，這樣也已足夠了。到了唐代，賦已不復爲主要的文體，文人已不復以作賦見稱，故我們便不贅述了。至於賦以外的散文，則我們將在下文從頭細論。

＊　＊　＊　＊

第八講終

第九講　散文的進展(下)

關於辭賦的演進已如上述，以下我們當敍述辭賦以外的其他散文。這些散文包括着序跋，論說，奏疏，傳記等，至其演進的程序則可區分爲西漢，東漢，魏晉，南北朝，唐初等五個時期。

* * * * *

西漢的散文約有兩派。一派是承前的，一派是啓後的。前者約始於前二世紀早年，其作風大都是簡覈廉悍；後者約始於前二世紀中年，其作風大都是醇樸渾厚。在這兩派中，我們選述賈誼，鼂錯，董仲舒，司馬遷，劉向，匡衡等六家。

承前的一派以賈誼爲首。他的事蹟與賦已詳，現在只論他的過秦論等文。因爲他性喜事功，對於當時的政治又具敏銳的目光，故他的作品大都是對漢帝所陳述的政論。至其作風則雄俊而明快，過秦論與上疏陳政事二篇可爲代表。鼂錯（前200?—154）潁川人。初爲太常掌故。文帝時任太子舍人，博士，太子家令等職。景帝卽位，以他爲內史，遷御史大夫。吳楚七國反，他被斬於東市。他與賈誼同被稱爲漢初的『論策家』，故他的作品，就現存者論，十九是議論政事的奏疏。因爲他曾『學申商刑名於軹張恢』，故其作風簡覈深刻，有先秦法家餘風，如言兵事書，論貴粟疏等皆頗有名。司馬遷（前145—86?）字子長，馮翊夏陽人。司馬氏世典周史，其父談以建元元封間爲太史令，談卒，遷襲官。天漢中，因上書救李陵，坐罪宮刑。已而爲中書令，尊寵任事。武昭間卒。他爲人博學有奇才，又以非罪遭極刑，故其作風雄肆沈鬱，論者每比之長江大河。因爲他家世爲史官，故其一生的精力大都寄存在史記中。在這部史冊內，我們可以認識他的寫人敍事的天才是何等卓絕，其中如項羽本紀，李將軍列傳，貨殖列傳，匈奴列傳等都極有精采。故牠同左傳國語國策一樣，雖是史書，却爲治古代文學者所不容輕忽的材料。史記外如報任安書也是漢代散文中的傑作。

啓後的一派以董仲舒爲首。董仲舒（前180？—110？）廣川人。景帝時爲博士，武帝卽位，舉賢良方正對策，除江都相，遷膠西相，後去官，以壽終於家。他是位經學家，曾勸漢武帝能黜百家，尊崇儒術，故其作品大抵原本經術，而以醇樸渾厚啓迪後人。　在他的作品中最足以代表這種作風的當推元光元年的天人策。　牠與賈誼的治安策都是漢代散文中之負盛名者，雖然牠們代表着不同的派別。劉向（前77—6）字子政，初名更生，楚元王交玄孫。宣帝時，爲散騎諫大夫等官。元帝卽位，擢爲宗正，並任中郎之職，後以事下獄，免爲庶人。成帝卽位，召拜中郎，領護三輔都水，遷光祿大夫，中壘校尉，年七十餘卒。同董仲舒一樣，他也是位經學家，他的作品也是原本經術，他的作風也是醇樸渾厚。

其作品如條災異封事，極諫用外戚封事，諫營昌陵疏等皆誠懇篤實，雖不似賈誼的明快深刻而藹然可親。向子歆，亦博洽工文。其孝武廟不毀議頗有父風，至移書讓太常博士則較向文明快些。匡衡（生卒未詳）字稚圭，東海人。宣帝時爲太常掌故，調補平原文學。元帝初年，大司馬史高薦他爲郎中，遷博士，後官至太子少傅，御史大夫，代韋玄成爲丞相。成帝即位，免爲庶人。他與劉向是同時人，其作風也與向最近。如上疏言治性正家與上疏戒妃匹勸經學威儀之則這些作品，置之劉向文中都可亂眞。

* * *

西歷紀元二五年，光武帝劉秀定都洛陽，東漢由此開始。此後百數十年內，雖然臨朝稱帝的還都姓劉，而文章的作風則與西漢頗異。簡單的說，西漢文多尙質樸，東漢文反是；東漢文多尙排偶，西漢文反是；西漢文喜引經典中句作論說的左證，東漢文喜融化經典中句爲自己的辭藻；西漢文上承周秦，東漢文下開六朝。這種尙藻飾與排偶的風氣在西漢中年似已開始了，但牠的勢力範圍只限於與賦頌類似的作品，至東漢則變本加厲，應用的範圍也日形擴大。在這個時期內雖也有一二人獨持異議，但終是寡不敵衆。玆選述班彪，班固，蔡邕，王充，四人來代表。

班彪（3—54）字叔皮，扶風安陵人。他是漢初『以財雄邊』的班壹的後裔，王莽之亂，他往依隗囂，後改事竇融，爲大將軍從事。隴蜀平，他隨融入洛，繼任徐令，望都長等職，建武末卒。他的作品現存者有復護羌校尉疏，奏議答北匈奴，王命論，史記論等，就中以王命論爲最尙排偶。牠不獨可以上繼王褒的四子講德論與聖主得賢臣頌，而且頗似魏曹冏的六代論。藻飾排偶的風氣侵入議論文，疑自此始（四子講德論乃賦頌的變體）。繼班彪而起的重要作者是彪子班固。

他的事蹟與賦已詳，茲不復贅。他的不朽的作品自然應推漢書，但漢書以外如匈奴和親議，奏記東平王蒼等也都值得我們注意。漢書不似史記那樣雄肆沈鬱而頗平實樸素。其足以代表東漢的特殊作風的，還應數漢書以外的幾篇。如奏記東平王蒼與爲第五倫薦謝夷吾疏等，不獨與賈誼劉匡的奏疏大殊，且下開蔡邕等的先路。『靑出於藍』，我們對於班氏父子可以如此說。固死不久而蔡邕生。蔡邕(133—192)字伯喈，陳留圉人。建寧初，辟司徒橋玄府，繼出補河平長，召拜郎中，校書東觀。光和初，以忤宦者徙邊，後雖遇赦，而亡命江湖，約十餘年。靈帝末，董卓秉政，徵爲祭酒，未久，轉御史，遷尙書，拜左中郎將，封高陽侯。卓敗，下獄死。他是位碑碣專家，又是東漢的壓陣大將，故在他的作品中以郭泰碑，陳實碑等爲最著，而這些碑文與和熹鄧后謚議，與何進薦邊讓諸篇都極講究藻飾和排偶，同時融經典爲辭藻的風尙到他應算登峯造極了。

最後我們敍述異軍特起的王充。王充（27—100）字仲任，會稽上虞人。師事班彪，歷任縣掾功曹，都尉府功曹，州從事等職。永元中，卒。他是東漢的思想家，同時也是個反對『華僞之文』的人，在論衡的自紀中，他曾申述他這種主張。因此，他雖是班彪的弟子且與班固同時，而其作風如論衡所載者（論衡外他只存果賦兩句）都很淺近質素，後來的崔寔與仲長統等似都受了他的影響。

* * * * *

到魏晉時，散文又向新的途徑推進了。對於這個新途徑，我們擬分四個段落來敍述。

首敍建安黃初間的散文。此時的作者頗多，而以建安七子為最著，玆於七子中選述二位——孔融與陳琳。二人的詩與事蹟已詳上文，玆不贅。孔融的散文的作風雖還有些因襲蔡邕的地方，而論說之文已『漸事檢練名理』，頗尙清峻。如肉刑議，周武王漢高祖論等並可爲例。陳琳在七子中，與阮瑀都以書檄見稱，其作風頗尚馳騁。如爲袁紹檄豫州，檄吳將校部曲文皆其代表作，而前者尤負盛名。論者稱此時的文風『梗概多氣』，『雅好慷慨』，似即爲陳阮一派而發。總之，由淵雅和緩到清峻馳騁，這便是『建安文學革易前型』的處所。

次敍太和正始間的散文。在此時的作者中，我們也選述兩位——何晏與嵇康。何晏（190?—249）字平叔，南陽宛人。文帝時拜駙馬都尉。明帝時爲冗官。齊王卽位，進散騎侍郎，遷侍中，尋爲吏部尚書，封關內侯，坐曹爽誅。他的作品現存者僅十四篇，而以『論』名篇者凡八。這些作品的風格大都清峻簡約，其內容則多道家言。如元名論，無爲論等皆是。嵇康的詩歌與事蹟均詳上文。他也工於論說，就現存者言，他作的論有養生論，答向子期難養生論等，凡六篇。但他的作風却與何晏異，他的特點是以『壯麗』之辭，闡老莊之旨。至其傑作則推聲無哀樂論，難張遼叔自然好學論等。故統觀何嵇，則此時重要的文派便可知其大概。大抵何晏近建安時的孔融，嵇康近建安時的陳琳；何晏以道家兼名法，嵇康以道家兼縱橫。何嵇而外，此時文士，如王弼，阮籍，李康，曹冏等，或負盛譽，或傳佳構，然大別之，則王近何，阮近嵇，李曹雖與王何阮嵇並異，但不重要，故不具論。

次敍太康永嘉間的散文。王何嵇阮諸人的流風餘韵到西晉時雖還保存着，但牠給與士林的影響多在行爲而不在文學。故此時文壇的風氣是：屏棄玄理，專事辭采。其最足以代表這種風氣的應數陸機。陸機的事蹟與詩歌辭賦等已詳上文。他的散文現存者有辨亡論，謝平原內史表等凡數十篇。這些作品的風格大部是「工而縟」，我們只要拿他的辨亡論，五等論等與王何嵇阮的作品比較一下，則正始時的散文與太康時的散文是如何不同便可立見了。

末敍建武義熙間的散文。晉室過江後，文壇上的玄風又熾盛起來了，且於老莊之外雜以佛理。在當時作者中可爲此風氣的代表的，舍孫綽莫屬。孫綽（生卒未詳）字興公，太原中都人。博學善屬文。初除著作佐郎，出爲征西參軍，補章安令。後徵拜太學博士，遷尙書郎，歷官至散騎常侍，領著作郎，拜衛尉卿。他的作品存者頗多，而以諫移都洛陽疏與喻道論爲最。前者可使我們認識他的作風是如何雅健，後者可使我們曉得他的作品是如何受道釋的薰陶。他在當時的影響頗大，直到東晉末始稍殺減。

* * * * *

關於五六兩世紀的散文，我們擬分三部分來講：一，南朝諸家：二，北朝諸家：三，此時的批評家。

南朝一百六十餘年可說是駢文開花結實的時期。此時的作風不獨崇尙藻飾與駢儷，且喜歡用事，注重聲律。茲選敍顏延之，沈約，徐陵三人爲代表。顏延之(384—456)字延年，琅邪臨沂人。宋初爲太子舍人，歷始安永嘉二郡太守，祕書監，光祿勳，太常，孝建中加金紫光祿大夫，尋卒。他是位『鋪錦列繡』的作者，詩如此，文亦然。如三月三日曲水詩序與宋文皇帝元皇后哀策文等皆其例。故論者謂『侈言用事』的風氣自他開始。沈約的事蹟與詩已詳上文。他的貢獻是四聲的採用。這種貢獻的影響是『轉拘聲韻，彌爲麗靡』。故在他的作品中，宋書謝靈運傳論與齊故安陸昭王碑都是我們應注意的。前者可使我們知道他的關於聲律的主張，後者可使我們知道他的作風是如何的縟麗。徐陵(506—583)字孝穆，東海郯人。仕梁爲通直散騎侍郎，尚書左丞等官。陳受禪，他爲散騎常侍，後官至尚書僕射，光祿大夫，太子少傅。至德初，卒。在南朝末年的散文作者中，他是一個重鎮，故他的作風最爲縟麗騎靡。如玉臺新詠序，與齊尚書僕射楊遵彥書等，不獨通篇都是偶句，每句都有典故，而且聲調也非常和諧。總之，駢文到此已算觀止了。

北朝的作者，向以溫子昇，邢邵，魏收，祖鴻勳，王褒，庾信諸人爲最著，但就他們的作品觀察，這些作者大都是南朝的支庶，故我們敍述北朝的散文，將他們一概略去，而選述兩位作風與南朝迥異的作者——酈道元與蘇綽。酈道元（生卒未詳）字善長，范陽人。太和中爲尙書主客郎，累遷治書侍御史，輔國將軍，東荆州刺史等職。孝明時除安南將軍，御史中尉，後出爲關右大使，爲蕭寶夤所害。他的作品，現在只存水經注序一篇，水經注四十卷。水經注雖只是部地理書，但其敍事寫景的技術都極高明。如三十四卷之寫三峽與黃牛灘，三十七卷之寫都梁山與明月池，其文皆清峻警練，可稱絕妙好辭。蘇綽（498—546）字令綽，武功人。初以兄讓薦爲行臺郎中，後拜大行臺左丞，官至度支尙書，司農帝，大統時卒。他是位『斲雕爲樸』的作者，因見當時文風日趨華靡，故主張復古。他的作品如奏行六條詔書與太誥等均極樸質，後者更是『糖粃魏晉，憲章虞夏』，後來唐人的復古運動似以此爲嚆矢。

在南北朝的文學批評家中，有三位是值得我們敍及的。這三位是南朝的劉勰，鍾嶸與北朝的顏之推。劉勰（生卒未詳）字彥和，莒人。早孤，家貧，依沙門居。天監中，以東宮通事舍人遷步兵校尉。後出家，改名慧地，未朞而卒。他的文心雕龍五十篇確是部傑出的有組織的文評。他對於各種文體與修辭的方法都詳盡而精闢的申述。南朝的文學得了牠，理論的基礎更鞏固了。鍾嶸（生卒未詳）字仲偉，長社人。齊時爲南康王國侍郎，梁天監中官西中郎，晉安王記室。屬於批評的著作，有詩品。在這部書中，漢魏以降的一百餘位詩人都受着他的批評。他分析他們的作風的來源，兼品第他們的作品的優劣，對於當時盛行的尙用事重音律的詩體則深致不滿。顏之推（生卒未詳）字介，瑯邪臨沂人。梁季爲散騎侍郎。入齊後，歷任中書舍人，黃門侍郎等職。齊亡入周，爲御史上士。隋開皇中，太子召爲學士，尋卒。他對於文學的批評具見於顏氏家訓文章篇。在這篇內，他批評古今的文士與當時的文風。就中雖時有善言，但牠終不是種有組織的著作，較之劉鍾自然是差得很遠。

* * * * *

唐初的散文，我們用四傑，陳子昂，張說，李華來代表。四傑，陳子昂與張說代表七世紀後期與八世紀早年，李華代表八世紀中年。

同唐初的詩相彷彿，七八世紀間的散文可分爲三派。一，因襲齊梁的。這派的代表有四傑。四傑是唐初的重要詩人，其事蹟與詩歌已詳上文。他們的散文均極華靡，其傑作如王勃的滕王閣序，楊炯的遂州長江縣先聖孔子廟碑，盧照鄰的南陽公集序》，駱賓王的爲徐敬業以武后臨朝移諸郡縣檄都似南北朝晚年的徐庾。二，改變齊梁的。這派的代表有張說。張說（667—730）字道濟，洛陽人。永昌中，武后策賢良方正，說爲第一。玄宗時，遷中書令，封燕國公。（他與許國公蘇頲並稱燕許）。以與姚崇不相能，出守相州與岳州。後復入爲中書令，天寶中卒。他的散文以宏麗勝。如論神兵軍大總管狀與開元隴右監牧頌等，雖仍有不少駢儷藻飾的句子，而其渾茂壯偉處實與四傑異趣。三，反抗齊梁的。這派的代表有陳子昂。陳子昂的事蹟與詩歌也詳上文。他的作品如諫靈駕入京書，上軍國利害事，祭韋府君文等，不獨罕用駢儷藻飾的辭句，且極明快豪邁。唐初的文風雖未能爲之盡變，但唐人的復古運動却應以他爲發難者。

四傑以後，齊梁派的勢力便衰歇了。繼起的作者大都承陳張的遺風而益事渾樸，到八世紀中年，所謂『古文』已略具規模。此時的作者向推蕭穎士與李華，而李華尤著。李華（生卒未詳）字遐叔，趙郡贊皇人。天寶中嘗爲監察御史。晚去官，客隱山陽，大歷初卒。在他的散文中，中書政事堂記與盧郎中齋居記告訴我們李文的作風是如何簡練遒勁，十二孝贊序告訴我們李文是如何善於體物。至如「文章本乎作者」，「本乎作者六經之志也」，尙書崔孝公文集序這幾句話竟似後來韓柳諸人的口吻了。

* * * * *

由前二世紀至八世紀中年的散文大略如是。至於後來韓愈，柳宗元等所倡導的散文則有待於下編。因爲他們這種復古運動是文學史上劃時代的運動，與詞的起來同樣的開新局面的。

第九講終●

第十講　戲劇小說的雛形

關於唐以前的詩歌與散文，我們已敍述完畢了。現在我們要講到那時的戲劇與小說。不過，中國的戲劇與小說，都是到了宋以後才正式完成的，在唐以前只是個「雛形」罷了。為了明瞭近代成功了的作品起見，我們對於這個「雛形」要作個簡單的敍述。

*　*　*　*　*

現在先述唐以前的戲劇。

在古代，有兩件事可以說是戲劇的萌芽。第一是「巫」。巫是以歌舞事神的人，楚人則稱為「靈」。巫與靈的對方是「尸」。詩經所謂「神保」，九歌所謂「靈保」，即是尸之異名。不過周人之尸由子弟担任，而楚人的靈保則常由巫兼充。這種由巫與尸合演的祭禮，極像後代的戲劇。第二是『優』。如晉之優施，楚之優孟，秦之優旃，都是滑稽者流，而以諷諫或調笑爲目的。古之優人，常以『侏儒』充之，亦取其易於發笑。就古書所記，晉之侏儒緣矛戟以爲戲（見晉語），導漢人競技之先路。而優孟之扮孫叔敖（見史記），更近於後代的戲劇。所以，無論是事神的巫，或事人的優，都是值得我們注意的。

到漢代，可視爲後代戲劇的雛形的，有三種。第一是繼續先秦而來的倡優。先秦倡優本以事人，而漢代則有用以事神的（見鹽鐵論散不足篇）。漢書禮樂志所列郊祭樂人員，又有所謂『常從倡』者。可見此時之『優』實已兼古代之『巫』。第二是『角抵』。先秦之優本兼競技，而漢志於常從倡外又有『常從象人』，象人卽是著假面而戲魚蝦獅子者。迨武帝時，來了許多『外國客』，競技花樣既多，而又新奇。如張衡李尤所賦者，則敷衍故事，且歌且舞，較之倡優更爲進步。第三是『傀儡』。傀儡是以偶人作戲，雜以歌舞；初用於喪家，東漢時嘉會亦用之（見風俗通義）。這些，都與後代戲劇漸漸接近。

魏晉在戲劇方面無其進步，只是因襲漢代而已。關於傀儡，沒有什麼記載。關於角抵，魏志注引魏略，說起當時復修漢平樂觀故事。但到晉以後，也無可考。關於倡優，雲午『靑頭鷄』之辭（見魏志注引世語及魏氏春秋）是很著稱的：又郭懷袁信作遼東妖婦的故事（見魏志注引魏書），也是值得注意的。而最重要者，當推晉時石勒使俳優演參軍周延斷官絹下獄事（見御覽引趙書）。段安節以此事屬之漢和帝時，但王國維從參軍之名斷定趙書之說爲是）。後代參軍之戲即源於此，故我們不當忽視。

自後北朝的戲劇却有重要的發展。舊唐書音樂志所列爲『歌舞戲』者，大都創始於此時。第一是『代面』。代面一作大面，其起源頗多異說，有謂起於北齊蘭陵王者（如舊唐志及教坊記），有謂出於北齊神武弟者（如樂府雜錄），而謂著假面以應敵軍則同。第二是『踏搖娘』。踏搖娘一作蘇中郎，教坊記謂起於北齊蘇䶑鼻，樂府雜錄屬之後周士人蘇葩，而舊唐志則謂係隋末河內人，但都說是丈夫酗酒，其妻訴苦之事。第三是『撥頭』。撥頭一作鉢頭，出西域胡人，象父死於虎，其子復仇之事（王國維謂北史西域傳有拔豆國，疑卽此）。這三種歌舞戲外，漢人的角抵與傀儡亦尙盛行。魏書樂志記北魏太宗時的百戲，隋書音樂志亦記北齊溫公時及北周明帝宣帝時的百戲，而隋煬帝時尤爲盛行（如隋書許彧傳及薛道衡詩所記）。關於傀儡的記載較少，然由顏氏家訓書證篇所敍『俗名傀儡子爲郭禿』事看來，到北齊時也有此戲。總之，自北魏至隋的數百年，實爲戲劇發展史上很重要的一部分。

唐代卽是根據北朝而加以發揚光大。我們分三方面去敍述。第一是「歌舞戲」。唐代歌舞戲中，如代面，如踏搖娘，如撥頭，如參軍，均本於前代。其中參軍戲尤爲盛行，如樂府雜錄，因話錄，雲溪友議等書所記黃幡綽，張野狐，李仙鶴，周季南，周季崇，劉採春等人，都是善弄此戲的。此還有種樊噲排君難戲（一作樊噲排闥戲），乃是唐人自製的。從唐會要，長安志及樂書等記載看來，這是盛行於唐末的戲，內容自然是楚漢故事。這五種都是歌舞戲。第二是『傀儡戲』。唐代傀儡不很盛行，然封氏聞見記有刻木演項羽與尉遲鄂公的故事，可知尚未全廢。第三是『滑稽戲』。此戲導源於古之俳優，而爲宋代『雜劇』所本。至其目的，或在譏諷（如資治通鑑及北夢瑣言記優人譏宋璟及朱朴事），或在戲謔（如舊唐書文宗紀及唐闕史記優人戲弄孔子，老子及釋迦事）他們常託爲故事之形，而不雜以歌舞，故最值得我們注意。

縱觀這一千餘年的戲劇，眞是幼稚得很。既無正式的舞台，又無寫定的劇本，只是隨便頑耍而已。但其中有個漸漸進步的趨勢，卻是不容我們忽視的。宋代繼唐代之後，戲劇便漸漸成形；到金元以後，作家輩出，便是戲劇的黃金時期了。這些，我們將在下編詳述。

* * * * *

其次，我們述唐以前的小說。

中國小說之見存者，都在三世紀以後，因爲先秦兩漢的書已完全亡佚了。漢書藝文志有「小說十五家，千三百八十篇」，其中半屬上古（如伊尹說，青史子等），半屬漢初（如封禪方說，虞初周說等），不但原書均不存，即存亦未必即我們所謂「小說」。各種叢書中，也頗收納不少的漢人小說（如東方朔神異經，劉歆西京雜記，班固漢武帝故事等），但其爲後人僞託，是久經論定的。所以，我們現在講唐以前的小說，託始於三世紀的邯鄲淳與曹丕。邯鄲淳（130?—225?）

字子禮（一名竺，字子叔），潁川人。曹植曾向他『誦俳優小說數千言』，可見他是這一方面的專家。他的作品有笑林三卷，今已不全。就太平廣記，太平御覽等書所引的幾段看來，都是記載些荒謬可笑的小故事，篇幅很短。曹丕本是個詩人，他的詩已在前邊論及。他的小說有列異傳三卷，現在也不全。就三國志注，水經注等所引的，知道是記鬼神的小故事的，篇幅較笑林略長。

晉代小說頗多，我們挑出張華，王浮，干寶，裴啓，荀氏五家來講一講。張華也是個詩人，上文曾討論過。小說方面，有博物志四百卷，後又刪併爲十卷。此書今存，但不知是否卽是原本。內容載山水人物的奇蹟，禮樂衣食的異聞，都是荒誕不經之說，每段篇幅也是短的居多。王浮（生卒未詳）是三世紀末年的道士，曾作神異記一書。就事類賦注，太平御覽等書所引佚文看來，牠是記神仙的小故事的，但全書今已不存了。干寶（生卒無考）字令升，新蔡人。他是四世紀初年的歷史家，於修史之餘，作搜神記二十卷，今存八卷。他作書的因緣，是由於他的父親所寵侍婢死而再生。內容所記，與列異神異二記相近，而篇幅加長，每段有在千言以上者。裴啓（生卒未詳），河東人。他是四世紀中年的處士，撰語林十卷。此書已佚，但太平廣記，太平御覽等書還引了不少，大都是記名人的名言，與以上諸書之記事者徵異。荀氏（生卒無考）不知是誰，隋志說是晉人。他有靈鬼志若干卷，今已佚。就法苑珠林，太平御覽諸書所引看來，與搜神記相近，篇幅也很長。此外，還有王嘉拾遺記及陶潛搜神後記等，乃是後人僞託的；而戴祚甄異傳及祖冲之述異記等，書既不存，遺文亦很少：故不備論了。

自劉宋到隋代，小說作家輩出。其較重要者，是這五人：宋劉敬叔，劉義慶，梁吳均，殷芸及隋侯白。劉敬叔（390?—470?）字敬叔，彭城人。他的作品有異苑十餘卷，今存十卷。他所記的亦多託於鬼神，然也有名人的軼事在內。劉義慶(403—444)爲宋宗室，有幽明錄三十卷，世說八卷。幽明錄今不存，大概也是個志怪之作。世說乃是古代小說中最著稱亦最有文學價值的一個，內容與語林相近。梁劉孝標作注，改爲十卷，今存三卷，三十八篇。吳均(469—520)字叔庠，吳興人。他曾作續齊諧記一卷，是續東陽无疑的書的。原書已佚，而續書尚存。他本是個詩人，詩格雖不高，而所作志怪小說則頗可與干寶繼美。殷芸（471—529)字灌蔬，陳郡長平人。他受梁武帝命，作小說三十卷，今已不全。內容亦以記言爲主，性質則近笑林，但也雜有其他異聞。侯白(440?—600?)字君素，魏郡人。他的作品有啓顏錄二卷，書雖已亡佚，但尚存遺文甚多。就太平廣記等書所引的看來，牠顯然是笑林一類的作品。我們看了這些作品，便知可分爲兩一組。一組導源於邯鄲淳，沿至裴啓，殷芸及侯白等，而以劉義慶爲最重要。一組導源於曹丕，沿至張華，王浮，荀氏及劉敬叔，而推干寶與吳均爲最重要。志怪，記言，各極其妙。至於志怪而近於宣傳，如王琰冥祥記，顏之推寃魂志之類，我們便不去講牠。

經了這數百年的醞釀，小說竟先戲劇而正式成立了。胡應麟在筆叢裏說「至唐人乃作意好奇，假小說以寄筆端」，則唐代小說之重要可見。當時產生的作家太多了，今分三個世紀去敍述：

(1)七世紀——王度，張鷟，吳競等三人。

(2)八世紀——陳玄祐，沈旣濟，李吉甫，許堯佐，白行簡，李公佐，李景亮，元稹，陳鴻，蔣防，沈亞之，李朝威等十二人。

(3)九世紀——牛僧孺，房千里，段成式，薛調，皇甫枚，裴鉶，杜光庭，李復言，柳珵，袁郊等十人。

現在我們先述七世紀的。王度(585?—625?)是詩人王績（詳前）之兄。他的作品有古鏡記一篇，太平廣記則題作王度。這是記他所獲古鏡的種種奇蹟，雖亦志怪之流亞，然篇幅則甚長。張鷟(660?—740?)字文成，深州陸澤人。他的作品有遊仙窟一卷，敍他路逢二女，以詩投贈之事。從前惟日本有此書，最近方傳回中國。篇幅頗長，然文筆則不高明。吳兢(665?—749)，汴州人。他的作品有開元升平源一篇，記姚元崇軼事，亦頗有致。但作者有謂係陳鴻者，未詳孰是。此外，還有無名氏的補江總白猿傳，記歐陽紇妻爲白猿所掠，生子詢即肖白猿，亦頗膾炙人口。但傳奇的興盛，則有待於八九兩世紀。

八世紀的作家頗多，我們選出十二位來講。陳玄祐(740?—?)的事蹟不詳。他的作品有離魂記一篇，太平廣記題作王宙。牠敍倩娘的情事，極委婉動人。沈旣濟(750?—800?)，吳興武康人。他的枕中記（廣記作呂翁）記盧生夢中的富貴，任氏傳記天寶時妖狐殉人事。二篇中前者影響尤大。李吉甫(758—814)字弘憲，趙人。他在七九三年作編次鄭欽悅辨大同古銘論一篇（廣記題鄭欽悅），記鄭欽悅的術數（新唐書傳亦載此事），風格微近王度。許堯佐（760?—?）的事蹟不易知道。他的作品有柳氏傳一篇，記韓翃的情事，作風與陳玄祐爲近。白行簡（770?—826）字知退，詩人白居易之弟。他的作品有李娃傳與三夢記兩篇。前者亦言情，似在離魂與柳氏二篇之上。後者記三件異夢，則無甚精采。又說郛載紀夢一篇，乃是僞作。李公佐（770?—850?）字顓蒙，隴西人。他是八世紀最偉大的小說作家，作品存者四篇：廬江馮媼傳敍媼遇董江亡妻事，古嶽瀆經（廣記作李湯）敍神猿故事，南柯太守傳（廣記題淳於棼）內容與枕中記相類似，謝小娥傳敍小娥因夢捕盜事。其中傑作當推南柯一傳，描寫還在沈既濟之上。李景亮（770?—?）的事蹟不易知道。他的作品有李章武傳一篇，記章武與王氏婦的情事，亦頗可觀。元稹（779—831）是與白居易齊名的詩人，前邊已細論過。他的小說只鶯鶯傳一篇，記張生與鶯鶯的戀愛；自後人譜爲戲曲後，遂成爲唐小說中最膾炙人口的一篇了。陳鴻(780?—830?)字大亮。他的作品有長恨傳及東城父老傳。前者記楊貴妃事，與白居易長恨歌相輔而行。後者記賈昌於安史亂後追憶昔日的榮華，頗能動人，然不如前者之爲世傳誦。蔣防(780?—830?)字子徵，義興人。他的作品有霍小玉傳一篇。記李益與小玉的情事，與鶯鶯傳同爲寫戀愛的傑構。沈亞之(730?—840?)字下賢，吳興人。他的作品有三篇，湘中怨辭記鄭生與蛟宮謫女的情事，秦夢記記夢中婚弄玉事，異夢記記邢鳳與王炎所遇異夢。其中以湘中怨辭爲佳，其餘很平庸。李朝威(生卒未詳)，隴西人。他的作品只有柳毅傳一篇，記毅與洞庭龍女的情事，影響到後來的戲曲者，與元稹同樣的重大。總之，八世紀是傳奇很盛的時候，然每人所作率僅一二篇，最多如李公佐也只四篇，較之九世紀時有專集行世者，尚遜一籌。

九世紀的許多作家中，我們只講十位。牛僧儒(780—848)字思黯，隴西人。撰小說成集者，他是第一人。他的玄怪錄雖不存，然太平廣記尚引三十餘篇。其中如崔書生，張佐，岑順等均稱佳構，而元無有尤爲人所傳誦。衞瓘(?—850?)字茂弘，京兆萬年人。李德裕與牛僧儒交惡，命他冒僧儒名作周秦紀行，敍夢中與嬪妃交歡事以誣之。他這人雖無行，然這篇作品却頗不惡。李復言(生卒無考)的事蹟不詳。他受牛僧儒的影響，作續玄怪錄十卷，分仙術感應二門。就我們看來，他的作品描寫得較牛僧儒更爲細膩，所以他的價值應在玄怪錄之上。房千里(800?—?)字鵠舉，河南人。他的楊娼傳寫嶺南帥之妾，似卽隱射他的妾趙氏，故雖記敍簡率，故亦能動人。薛調(830—872)河中寶鼎人。他的無雙傳記王仙客與無雙的情事，哀豔而奇詭，在傳奇中能別開生面。皇甫枚(840?—890?)字遵美，安定人。他的飛烟傳記趙象與武公業妾飛烟的情事，雖亦委婉動人，然兩人的詩與信，似嫌缺乏個性。杜光庭（840？--925？）字賓至，處州縉雲人。他的虯髯客傳記唐初李靖與紅拂的故事，詭奇可喜，惜篇末教訓有點煞風景。柳珵（生卒無考）的事蹟不易知道。他的上清傳記陸贄誣竇參，參婢上清代為辯白事，但後有什麼精采。袁郊（生卒無考）的事蹟不詳。他的甘澤謠亦玄怪錄之流亞，而紅線傳尤膾炙人口，可以紅拂並稱。裴鉶（生卒無考）的字與籍貫未詳。他的小說集逕稱『傳奇』，其中如裴航，崑崙奴傳，聶隱娘傳等，均流傳極廣。從此，『傳奇』便成中國短篇小說中固定的體裁，與宋以後的『平話』並峙了。

* * * * *

唐以前的文學，我們至此已講完。唐以後的詩歌散文戲劇小說，都另開一新局面。這些，我們將在下編詳述。

上編終

下編

第十一講　中國文學的新局面(上)

唐宋之際是中國文學向新的途徑進展的時期，詩如此，散文如此，以至戲劇小說無不如是。首先踏上新途徑的是詩與散文，牠們在八九世紀間已開始了；小說與戲劇較遲，到九十世紀間方見端緒。故我們以下所述，自詩和散文始。

*　*　*　*　*

首敍詩的新局面。所謂詩的新局面便是詞的起來。

提到詞的起源，異說便非常的多。有的說詞源於詩經，有的說詞源於樂府，有的說詞源於六朝的雜言詩，有的說詞源於唐代的近體詩。但這些紛紜的異說，大都不中肯綮，故我們一概摒除。在我們看來，要講詞的起源應回溯到晉與南北朝時的異族內犯，同時還要注意齊梁以降「新體詩」的演進。異族內犯的結果使外國音樂大批的輸入中國，因之隋唐時廟堂閭閻所奏大都是聲音繁變的「胡樂」。「新體詩」演進的結果使唐代所歌的歌辭大都是句調整齊的律絕。以聲音繁變的「胡樂」來譜那句調整齊的律絕自然要發生齟齬，於是句調參差的新歌辭遂應運而生。這種句調參差的新歌辭便是詞——使晚唐五代兩宋的作者們都為之風靡的詞。

同五言詩一樣，詞的拓荒者也是民間的無名氏。但他們的作品此時已不可考見了，我們也只好存而不論。就文人方面講，則最早的詞人大都是八世紀與九世紀間的作者。據我們知道的，這幾位作者是顏眞卿，張松齡，張志和，陸羽，徐士衡，李成矩，顧況，戴叔倫，韋應物，王建，劉禹錫，白居易，柳宗元，南卓等。不過，在這十幾位作者中，有詞傳世的只有張松齡等八人，餘如顏眞卿，陸羽諸人只是據西吳記和曾元忠鈔本金奩集跋知道他們作過詞而已。作品已佚的作者只好不講，作品尚存的作者則略述其生平與作品如下：

(1)張松齡(生卒未詳)婺州金華人。存漁父一首。

(2)張志和(730—810)字子同，張松齡弟。存漁父五首。

(3)顧況(730？--820？)字逋翁，海鹽人。有漁父引一首。

(4)戴叔倫(732—789)字幼公，潤州金壇人。有調笑令一首。

(5)韋應物的事蹟詳前，他的詞有調笑令等。

(6)王建(755？—830？)字仲初，潁川人。有調笑令等詞。

(7)劉禹錫的事蹟詳前，他的詞有憶江南等。

(8)白居易的事蹟詳前，他的詞有憶江南等。

在這八家的作品中，要以張志和的漁父（「西塞山前白鷺飛」）爲最著，次則王建的調笑令（「團扇團扇」）和白居易的憶江南（「江南好」）亦頗有名。但總觀這八家的作品，我們可得到三種暗示：一，此時的詞人多由詩人兼差；二，此時的詞與詩極近；三，此時的詞人多是與民間生活接近或嗜好民間文藝的人。

詞在中唐只是微有萌芽而已，到了晚唐方略具規模。牠在晚唐雖未孕育出比中唐加多的作者，但赫然爲一代宗匠的溫庭筠却在此時誕生了。溫庭筠爲晚唐重要詩人之一，他的事蹟與詩歌已詳上文，我們現在只講他的詞的作風與他在詞史上的地位。講到溫詞的作風，我們應該回顧到他的詩。他的詩本以艷麗名，故他的詞亦然。其寫人者如菩薩蠻與南歌子等，其寫物者如歸國謠與玉蝴蝶等，無一不艷麗的。這種崇尚艷麗的結果，好的方面是「精密華麗」，情辭並茂，如訴哀情（「鶯語花舞春晝午」）與更漏子（「星斗稀」）等；壞的方面是隱晦，眼澀，甚且前後舛錯，如菩薩蠻（『小山重疊金明滅』）與酒泉子（『日映紗窗』）等。至於他在詞史的地位，我們以爲是建築在下列三點上：一，詞有專集自溫始；二，詩詞的異點到溫始著；三，五代十國的詞人祖述溫者頗多。總之，溫庭筠於作品雖然瑕瑜並見，但其在詞史上的地位，則無疑的是唐代第一人。溫庭筠外，晚唐詞人中還有一兩位值得我們提及的，今附敍於此：

（1）皇甫松（生卒未詳）睦州新安人。他的詞存摘得新，天仙子，憶江南等，而憶江南二首最佳。至於他的作風則與溫頗異，溫以艷麗勝，他以清俊勝。

（2）韓偓（生卒未詳）字致光，京兆萬年人。他的詞存生查子與浣溪沙等。生查子寫閨人的情態，宛轉有風致，故頗爲人所傳誦。

（3）李曄（867—904）即唐昭宗。他的詞存巫山一段雲與菩薩蠻等，但巫山一段雲二首疑爲僞作。菩薩蠻二首極淒婉，似開李煜歸宋後諸作的先路。

餘如張希復，段成式，司空圖等，皆存詞極少，故不具論。

唐亡而五代繼起。此時佔據中原爲史家認爲正統的有梁，唐，晉，漢，周，史家所謂五代者是；同時割據一方的有吳，閩，前蜀，後蜀等國，史家所謂十國者是。屬於五代的詞人有李存勗（唐莊宗），毛文錫，牛希濟，和凝等，我們現存選述『歷數五朝』的和凝。和凝（898—955）字成績，鄆州須昌人。梁貞明中舉進士，歷事唐晉，入漢封魯國公，入周爲侍中。他的詞約有三種特點。一，艷冶，如山花子（『銀字笙寒調正長』）與麥秀兩岐（『涼簟鋪斑竹』）等。二，藻麗，如山花子（『鶯錦蟬紗馥麝臍』）與臨江仙（『披袍窣地紅宮錦』）等。三，喜歌頌昇平，如小重山（『春入神京萬木芳』與『正是神京爛熳時』）等。但艷冶的詞易流於狎媟，藻麗的詞不免晦澀，歌頌昇平的詞常失於膚淺，所以和凝雖號爲『曲子相公』，而其作品殊少深刻感人者。屬於十國的詞人有韋莊，牛嶠，薛昭蘊，魏承班，李珣，馮延己，李璟，顧敻，歐陽炯，孫光憲等，我們選韋莊，李珣，馮延己，李璟，孫光憲五人爲代表。韋莊(850？—910)字端己，杜陵人。初以黃巢之亂流浪江南。乾寧元年舉進士，任校書郎。後奉使入蜀，王建辟掌書記。前蜀開國，官至吏部尚書平章政事。他的詞約可分爲三類。一，爲江南浪遊作者，如菩薩蠻（『人人盡說江南好』）等。二，在西蜀作者，如河傳（『錦浦春女』）等。三，創作背景不可考者，如訴衷情（『燭盡香殘簾半捲』）等。在這三類中，以第一類爲最，第三類次之，第二類最下。至於這些詞的作風則清俊二字可代表。如寫景的謁金門（『春雨足』），寫人的浣溪沙（『惆悵夢餘山月斜』），寫情的女冠子（『四月十七』）皆然。故在唐五代的詞人中，對於過去的溫庭筠他可分庭抗禮，對於未來的南唐詞人他則導夫先路。李珣（855？—930？）字德潤，梓州人。以秀才預賓貢，有詩名，通醫理。妹舜絃亦能詩，爲王衍昭儀。他的詞大都是淡婉的，如酒泉子（『秋雨連綿』）與菩薩蠻（『回塘風起波文細』）等皆可為例。此外則南鄉子十七首寫嶺南風物歷歷如畫，在唐五代詞中也算別開生面。馮延己(903—960)字正中，廣陵人。初以白衣見李昪，昪以他為祕書郎。李璟為元帥時，用他掌書記。璟卽帝位，他累官左僕射同平章事。建隆元年卒。他的詞大都不尙藻飾，但其中包含着兩種不同的風格。一種是纏綿委婉的，一種是沉摯决絕的。前者的代表有采桑子（『小庭雨過春將盡』）等，後者的代表有蝶戀花（『誰道閑情拋棄久』）等。就量上講，前者較後者多；就質上講，後者較前者深；就其在後代的影響上講，宋初諸家多近前者，學後者而能神似的則極少。李璟(916—961)卽南唐中主。他是南唐創始者李昪的長子，初封齊王，昪卒，嗣帝位。後周師南侵，他遣人獻江北地於周，去帝號，稱唐國主。尋以憂死。他的詞現存者頗少，其作風則委婉哀怨，就中『菡萏香銷翠葉殘」（攤破浣溪沙）一首尤稱絕唱，論者謂其『有衆芳蕪穢，美人遲暮之』貴。孫光憲（？—968）字孟文，貴平人。事荆南高氏，官荆南節度使，朝儀郎等職。入宋，官黃州刺史。他的詞有三種特點。一，疏朗，如浣溪沙（『蓼岸風多橘柚香』）等。二，婉約，如河瀆神（『江上草芊芊』）等。三，沈鬱，如謁金門（『留不得』）等。

最後我們講十世中年的大詞人李煜。李煜(937—978)即南唐後主。他是中主李璟的第六子，初封鄭王，璟卒，嗣位於建康。在他即位時，南唐本已削弱得很，他又沒有轉弱爲強的材幹，故終於開寶八年爲宋所虜，南唐也從此亡了。歸宋後，受封爲違命侯，後改封隴西公，太平興國三年卒。總觀他的一生，大約可分爲三時期。九六四年以前是爲第一期。這是他最幸福的時期。他有那工詞能詩的父與弟，又有那色藝雙絕的妻，『歸時休放燭花紅，待踏馬蹄清夜月』，他就是這樣浪漫的安樂的過着。九六四年後是爲第二期。九六四年他的愛妻大周后死，他的圓滿的生活便發生了裂痕。相傳大周后死後，他哀毀骨立，杖而後起。歸宋後是爲第三期，此時他的生活是『每下愈況』。『此中日夕只以淚洗面』，我們於此便可想見他當時的苦况了。因爲他的一生有這樣三個不同的時期故他的詞也有三個不同的風格。第一期的作風大都是華艷溫馨的，如一斛珠（『晚妝初過』）與木蘭花（『曉妝初了明肌雪』）菩薩蠻（『花明月暗籠輕霧』）等。第二期的作風大都是黯淡蕭索的，如浣溪沙（『轉燭飄蓬一夢歸』）與錦堂春（『昨夜風兼雨』）等。第三期的作風大都是哀怨淒絕的，如浪淘沙（『簾外雨潺潺』）與虞美人（『春花秋月何時了』）等。在這三種作風互異的作品中，自然以第三種的作品爲最完美，但在其他二種內也有不少人所難及的佳構。李煜是詞史上偉大的作者之一，這還有什麼異議？

總觀上述，唐五代的詞可說是始於二張，終於『二主』。在二張時，作詞還是種嘗試。到『二主』時，牠已產生了不少古今傳唱的佳作。這是詞的第一期。至於第二期，那要待宋代的作者來完成，我們在下文詳述。

* * * * *

次敘散文的新局面。所謂散文的新局面便是韓柳諸人的復古運動。唐人的復古運動實際上就是反齊梁運動。這種運動應託始於六世紀的蘇綽。後來七世紀的陳子昂與八世紀的李華都是這種運動的重要人物。但蘇綽所努力的不久就破庾信，王褒等摧殘了，陳子昂與李華的成績也不十分昭著。直到韓愈，柳宗元出，而後所謂『古文』方纔成立，自是而後，歷宋元明清，雖代有革易，而韓柳所倡導的『古文』始終保持着雄厚的勢力，爲近代散文的一大宗派。『文起八代之衰』，蘇軾這句恭維韓愈的話雖有點語病，但用以說明他們這種運動在文學史上含着如何重大的意味則頗恰當。

對於九世紀的復古運動者，我們自其首領韓愈柳宗元敍起。韓愈的事蹟與詩歌已詳上文。在少年時他便受『古文』家蕭存（蕭穎士子）的知遇，又從獨孤及，梁肅的門人遊，故他的散文也遠承蕭李（蕭穎士與李華）的餘緒，『以六經之文爲諸儒倡』。他主張『爲文』『宜師古聖賢人』（答劉正夫書），文學家的修養應該『養其根而竢其實』，應該『行之乎仁義之途，游之乎詩書之源，無迷其途，無絕其源』（答李翊書）。對於前代的作者，則推重孟軻與揚雄等（答崔立之書）而薄魏晉以降的作家。總之，他不甘於作個純粹的文人，他要兼作個思想家（雖然他的思想不很高明），而且唐人的反齊梁運動到他的手裏益發理論化了。至於他的作風則與他的詩歌相類，大都雄厚而奇崛。如果我們讀了他的祭田橫墓文，張中丞傳後敍，後廿九日復上書，畫記，貓相乳等便可知此說之不誣。柳宗元的事蹟與詩歌也詳上文。在九世紀初的散文家中，他與韓愈可說是志同道合，並駕齊驅。他也主張「爲文」應本之六經，他也瞧不起魏晉以降的作家（與韋中立書與西漢文類序等）。他說韓愈的作品比揚雄還好，韓愈說他的作品似司馬遷，並世齊名的作者而契合如此的，實很少有。但講到他們的作風，那便大不相同了。韓文多雄厚奇崛，柳文多雅健峻潔（雅健者如封建論與段太尉逸事等，峻潔者如游黃溪記與鈷鉧潭西小丘記等）。此外則韓愈「抗顏爲師」，故其門徒頗多，柳宗元遠謫遐荒，當時文士與之遊者較少。故對於散文中的韓柳同對於詩中的李杜一樣，我們只能論其作風與影響的異同，至其優劣那就難說了。

在韓柳的同派作者中，我們選敍四人：

（1）李觀（生卒未詳）字元賓，李華的從子。他是韓愈的朋友，與愈同舉進士，終太子校書郎，卒年止二十九。他的文章本出韓愈之上，因早卒，故

「其文未極」。就他的駁錯論與謁夫子廟文諸篇看，他的作風是奔放而欠沈著，論者說他「每篇得意處，如健馬在御，蹀蹀不能止」，自是可信的。

(2)李翺（生卒未詳）字習之，趙郡人。貞元時舉進士，後官至山南東道節度使。他是韓愈的姪壻又是韓愈的門徒，但其作風則與韓愈大異。韓文雄肆而奇崛，李文則紆餘和平，如平賦書序與答皇甫湜書等並可為例。在韓門作者中，他應是最重要的一個，說者謂宋代的作者宗李多於宗韓。

(3)皇甫湜（生卒未詳）字持正，睦州新安人。擢進士第，為陸渾尉，仕至工部郎中。他原是個「不羈之才」，故他的作奇崛近韓，而設色穠麗則過之，如顧況詩集序與朝陽樓記等皆然。

(4)沈亞之是中唐的小說家，其事蹟與小說均詳上文。在散文方面，他師韓愈而友皇甫湜，故其作品也務為奇崛，如夏平與盩厔縣丞廳記等皆可供我們參證。

＊　＊　＊　＊　＊

散文的新局面與詩的新局面微有不同。詩的新局面自張志和等揭幕以後，牠便一帆風順的向前推進，由唐至宋，日益昌大。散文則不然，韓柳等在當時雖也極受人推重，但與他們並世而異派的作者如陸贄權德輿等也都不可忽視。而且到了晚唐，又有李商隱溫庭筠段成式的『三十六體』產生，一時散文的新局面頗呈中衰之象。宋代的作者繼起，方將牠復興了，拓大了，並且統一了文壇。這些，這些，我們都在下文敘述。

第十一講終

第十二講　中國文學的新局面（下）

現在要敍述小說與戲劇的新局面了。

所謂小說的新局面便是『話本』的產生。小說在唐代雖然孕育了極一時之盛的『傳奇』，但這些作品不過是詞人文士的餘業，而且祇同近體詩似的，在唐代已發達到止境了，故宋代唐與，遂有新的，白話的，與後代小說關係頗深的體製——『話本』——出現。

講到宋代的『話本』，我們應該回顧到九世紀晚年與十世紀的早年。清光緒時，燉煌千佛洞發現了許多唐五代人的寫本。這裏面有佛教經典，道教經典，古書寫本等等，尤其可貴的是還有許多用白話寫的小說與『俗文』，『變文』，如唐太宗入冥記，秋胡小說，伍員入吳故事，維摩詰經俗文，八相成道俗文，舜子至孝變文，明妃傳殘卷等。這些作品所用的辭句有許多『全然是俗語的話法』，其敍事寫人的地方尤多與後世的小說相近者。所以牠們雖然大都是殘闕的，文筆也常流於粗鄙，但我們應該承認這是後來白話小說的濫觴，對於宋『話本』也有很大的影響。此外則『說話』的風氣在唐季似亦萌芽了，牠與『話本』的關係也頗重要。

入宋後，『話本』便發達起來。都汴的北宋和都杭的南宋皆曾因民物康阜的緣故，產生了，促進了許多供人娛樂的伎藝。這些伎藝不獨風靡了一時的平民，卽當時的帝王對牠們也往往異常耽戀。在這些伎藝中，有所謂『說話』者。『說話』的『家數』頗多，而且各有『門庭』。據東京夢華錄所載，有『小說』，『合生』，『說諢話』，『說三分』，『說五代史』等等。據夢粱錄所載有這樣的四大類：

（1）『小說』名『銀字兒』，如煙粉靈怪傳奇公案撲刀扞棒發跡變態之事。

（2）『談經』者，謂演說佛書。『說參請』者，謂賓主參禪悟道事。……又有『說諢經』。……

（3）『講史書』者，講說通鑑漢唐歷代書史文傳興廢戰爭之事。

（4）『合生』與起今隨今相似，各占一事也。

餘如都城紀勝，武林舊事等書也都有所記載。這些書上所記的雖微有出入，且有我們不甚了解的地方，但『說話』在宋代的情況我們也可略知一二了。『說話』雖然『謂之舌辨』，憑仗的是『說話人』的口才，但他們都有寫成的底本作依據，如演劇者的劇本似的。這種底本就是『話本』，為後代許多小說所祖述的『話本』。

在現存的宋人著作中，可以說是『話本』之流的約有三類：

(1)屬於「講史書」的。如新編五代史平話，大宋宣和遺事(?)等。

(2)屬於「談經」的。如大唐三藏法師取經記。

(3)屬於「小說」的。如京本通俗小說與清平山堂所刻話本，古今小說等書的一部分。

對於這三類我們依次敍述。新編五代史平話敍的是梁唐晉漢周的興亡，每代二卷，只有梁史平話的開端敍了些梁以前的歷代的盛衰治亂。牠的體製是：每二卷有百條左右的目錄，每卷皆以詩起，以詩結，於形容事物處常雜以儷語，詩詞，「諢話」，時且故爲驚訝疑問之辭。大宋宣和遺事分前後二集，大抵以敍徽欽二朝事爲主。牠的體製與五代史平話頗近，但先後文體參差，有白話的，有文言的，常是雜湊諸書而成，故近人懷疑牠不盡出於宋人。大唐三藏法師取經記三卷，敍的是玄奘取經的故事。牠的體製頗奇特，全書分十七章，每章皆有題目與詩。牠與宣和遺事都有晚出的嫌疑，但至今均未有定論。『小說』較前二類為夥，其目有碾玉觀音，菩薩蠻，西山一窟鬼，志誠張主管，拗相公，錯斬崔甯，馮玉梅團圓，定州三怪，合同文字記，洛陽三怪記，楊溫攔路虎傳，張古老種瓜娶文女，簡帖和尚巧騙皇甫妻，閑雲菴阮三償寃債，將淑眞刎頸鴛鴦會，萬秀娘仇報山亭兒，三現身包龍圖斷寃，計押番金鰻產禍，福祿壽三星度世等，而散見於京本通俗小說與清平山堂所刻話本諸書中。牠們的特殊處是：一，每篇都是個獨立的故事，無論是說是看都是『頃刻可了』；二，牠所取的材料多在近時，或其他說部；三，每篇的開始往往用詩詞與短的故事作『入話』。至其形容事物處亦多有與五代史平話相近者。縱觀宋代三百餘年，而所存的『話本』只有這樣一點，當然是件令人抱憾的事，但現存的這些作品無論是在體製上抑在辭句上對於後來的章面小說與平話都有莫大的影響，即就其敍述描寫的技藝論也有許多不容忽視的。

宋亡後，『說話』的風氣雖然消歇了，但『話本』的流風餘韵却培養出來好多不朽的小說，如水滸傳，西遊記，三國志通俗演義，『三言』，拍案驚奇等，關於這些，我們在下文討論。

* * * * *

戲劇的新局面也是在宋代開始的。但牠不似詩歌，散文，小說那樣簡單，元以降的戲劇實是融會宋代的各種雜戲樂曲等而得的結果。茲將其與後繼戲劇關係較深者略述如下：

(1)影戲。——影戲的成立頗早，宋初已有了。牠以素紙或羊皮剪成人形充作劇中脚色，且有與『講史書頗同』的『話本』，故其與後代戲劇的異點只是：一，不用人來扮演；二，牠的劇本似乎是散文的。

(2)舞隊。——舞隊不知所自始，而見載於武林舊事。其目有諸國獻寶，穿心國入貢，孫武子教女兵等。牠較影戲進步的是以人來扮演故事，且後來戲名與曲名中多用其名目。但牠既無固定的劇場，而且有無劇本亦不可知。

(3)諸宮調。——諸宮調始於北宋。牠與元劇接近處有三：一，牠是聯合許多宮調之曲而成的；二，所用諸曲，其名目多與元劇所用者同；三，一宮調之曲首尾一韵。至其與元劇不同處是：一，只能說唱，不能扮演；二，是敍事體，非代言體。

(4)賺詞。——賺詞蓋始於南宋初年。牠的結構頗近北曲，而其曲名則介入疑爲南曲，事林廣記所載者可以爲例。

(5)雜劇。——此處所謂雜劇與元雜劇不同，據宋祁與吳自牧說，大抵是在滑稽調笑中隱寓諫諍之意。牠產生的很早，在宋初已有之，南渡後，尤其發達。就夢粱錄武林舊事等書所載者觀察，牠既搬演故事，且有末泥，副淨，副末，裝孤等脚色，故牠雖是滑稽戲，而較前代所有者進步得多。

(6)戲文。——戲文疑始於南宋光宗時，至度宗時而大盛。其中如樂昌分鏡，趙貞女蔡二郎，王魁負桂英等皆負盛名，今存的小孫屠，張協狀元，宦門子弟錯立身等，疑亦當時戲文的一部分。就小孫屠等戲文看，牠們與後代傳奇頗近。如首敍全劇的梗概，數色合唱等等皆可爲證。而且小孫屠中以北曲新水令，折桂令，水仙子，雁兒落與南曲風入松合套，實開南北合套風氣之先。

此六者外，如傀儡，傳踏，曲破，大曲等對於後代戲劇的醞釀也都有相當的貢獻，但較之上述六者似屬次要，故不具論。

經過宋代這三百餘年的醞釀，到元以後無論是雜劇抑是傳奇都有傑作產生，而戲劇與小說遂成了近代文學的驕傲。在下文我們再詳述這些。

第十二講終

第十三講　宋代的詞

經過了張志和，溫庭筠，李煜諸人的努力，詞到宋代已達到牠的盛年。在此時，牠不獨孕育了許多偉大的作者，而且成功了最風行的體裁，自帝王卿相以至妓妾賊寇，皆有作品流傳。對於這三百餘年的詞史，我們分兩期來敍述，而以一一二六年的靖康之難爲分期的「界石」。

*　*　*　*

我們先敍靖康以前的宋詞。

宋代開國雖始於九六〇年，但在十世紀後期的數十年中，詞壇上的空氣實極沉寂。除了幾位由荊南，南唐等國移植來的老詞人外，純粹屬於宋代的作者如寇準等雖也有詞傳世，但都不能作一時的領袖。所以這幾十年可以說是個青黃不接的時期。到了十一世紀，詞壇上便有了生氣。此時領袖詞壇的有四位——晏殊，歐陽修，張先，柳永。這四位詞人實代表着兩種不同的派別。晏殊最舊，處處因襲南唐，張先與柳永最新，幾全與南唐絕緣，歐陽修則絡繹於二派間。晏殊(991—1055)字同叔，撫州臨川人。幼聰慧，年十餘歲即以神童召試，賜同進士出身。慶歷初，拜集賢殿學士，同平章政事。至和初卒。他的作風與南唐的馮延己頗近。如浣溪沙(『一曲新詞酒一杯』)與蝶戀花(『檻菊愁烟蘭泣露』)等，或婉約，或激越，皆與馮詞相仿。但他喜作壽詞，且其作品多是和婉有餘深刻不足，故雖作風近馮，而其地位則去馮甚遠。歐陽修(1007—1072)字永叔，廬陵人。天聖八年省元中進士甲科，後任樞密副使，參知政事，兵部尚書等職。熙甯初卒。他的詞集中包含着兩種絕不相同的作品。這兩種作品的異點不只是一個莊重，一個艷冶，一個用文言，一個用白話，最重要的是前者代表的是南唐餘風，後者代表的是宋詞的新趨勢。故歐詞中有類晏殊的如采桑子（「羣芳過盡西湖好」）與玉樓春（「別後不知君遠近」）等，也有類柳永的如看花回（「曉色初透」）與夜行船（「輕捧香腮低枕」）等。論者往往只注意那與南唐接近的，這實是種錯誤。張先（990—1078）字子野，吳興人。嘗知吳江，官至都官郎中，後退居錢塘。雖然他比晏殊生的還早些，但他却是位改變南唐餘風的人。南唐的作風多淡婉，他的詞則秀麗勁峭且間有崇尙鋪敍與琢者，如菩薩蠻（「藕絲衫剪猩紅窄」），傾杯（「橫塘水靜」），破陣樂（「四堂互映」）等皆可爲例。柳永（990?—1050?）字耆卿，樂安人。仁宗景祐元年登進士第，後官至屯田員外郎。在十一世紀前期的詞壇上，他要算最有勢力的一個。他的詞不獨傳播極廣，「凡有井水處，即能歌柳詞」，而且慢詞的成立也是他的貢獻。至於他的作風，就他的樂章集分析，約有四點可言：一，長於鋪敍，如夜半樂（「凍雲黯淡天氣」）等；二，多用俗語，如憶帝京

（『薄衾小枕涼天氣』）等；三，常涉狎媟，如玉女搖仙珮（『飛瓊伴侶』）等；四，喜爲頌辭，如玉樓春（『鳳樓郁郁呈嘉瑞』）。總而言之，在當時那個沉酣太平的社會裏，他是最能代表一般人的心理的。無論在內容上抑在體製上，他都不受南唐的拘束。

十一世紀中年，詞壇上出了個怪傑——蘇軾。蘇軾（1036—1101）字子瞻，眉州眉山人。嘉祐二年進士。累除中書舍人，翰林學士，歷端明殿學士，禮部尚書。紹聖初，坐訕謗安置惠州，後徙昌化。徽宗立，赦還。提舉玉局觀，尋卒。他是位著名的散文家，詩人，同時又是位轉變詞壇風氣的大詞人。他的東坡樂府代表着柳永所引起的反動勢力，而以清曠豪放開宗。在辭句方面，他往往雜採詩賦語，經典語，甚至於以散文的句法作詞，如哨遍（『爲米折腰』），醉翁操（『琅然』），減字木蘭花（『賢哉令尹』）等。在內容方面，他以詞調笑，以詞說理，以詞寫鄉思，以詞敍幽情，……如減字木蘭花（『惟熊佳夢』），無愁可解（『光陰百年』），醉落魄（『輕雲微月』），江城子（『夢中了了醉中醒』）等。在音律方面，他不喜剪裁以就聲律（見詞林紀事）；故詞的束縛以他而解放了，詞的領域以他而擴張了。至如念奴嬌（『大江東去』），水調歌頭（『明月幾時有』），定風波（『莫聽穿林打葉聲』），西江月（『照野瀰瀰淺浪』）等，或『振鬣長鳴』，或飄飄欲仙，眞可使『花間爲皂隸，而耆卿爲輿臺』！

北宋詞人可稱爲蘇派的頗多，而以黃庭堅，晁補之，向子諲，陳與義爲最。

黃庭堅（1045—1105）字魯直，洪州分甯人。治平初舉進士，曾任校書郎，祕書丞等職，後以事被貶，卒於貶所。他的詞如水調歌頭（『瑤草一何碧』）與念奴嬌（『斷虹霽雨』）等皆與蘇詞頗近，惟千秋歲（『世間好事』）清平樂（『春歸何處』）等有柳（永）秦（觀）風。晁補之（1053—1110）字無咎，濟州鉅野人。元豐中

(？)舉進士，後爲祕書省正字，著作郎等官，大觀時卒。晁詞與蘇接者有摸魚兒(『買陂塘旋栽楊柳』)，八聲甘州(『謂東坡未老賦歸來』)等，但他自己的特殊作風則不在清曠與豪放而在沉咽，如生查子(『宮裏妒娥眉』)與滿江紅(『莫話南征』)等皆然。向子諲(1085—1152)字伯恭，臨江人。宣和中，曾爲淮南轉運判官，京畿轉運副使等官。南渡後官至徽猷閣直學士，紹興初卒。在他的詞中包含着兩種不同的作風。一種是華貴姸冶的，如生查子(『春心如杜鵑』)等；一種是清曠豪放的，如水調歌頭(『閒餘有何好』)等。我們將他歸之蘇派便是爲了後者。陳與義(1090—1138)字去非，洛人。政和初登上舍甲科，後任太學博士，符寶郎職。紹興初官至參政，尋卒。他與蘇軾接近處全在清曠，其作品如法駕導引(『簾漠漠』)與漁家傲(『今日山頭雲欲擧』)等，雖不似蘇軾的念奴嬌那樣豪放，但其清曠處則與蘇的定風波同。

後於蘇軾約二十年左右，詞壇上又出了位重要的作者——周邦彥。周邦彥(1056—1121)字美成，錢塘人。元豐初，以獻汴都賦，得官太學正。哲宗時，爲祕書省正字。徽宗時仕至徽猷閣待制，提舉大晟府。宣和初卒。在北宋詞壇上，他和蘇軾立在相反的地位。蘇軾極反對柳永，他則承柳永的餘風而加之以拓大，此其一。蘇詞出語渾成，他的詞則琢句精工，此其二。蘇詞多不協律，他的詞則『曼聲促節，繁會相宣』，此其三。故讀他的清眞集時，我們常遇到這樣的五點：一，工於鋪敍；二，多涉狎媟；三，喜用俗語；四，辭句精工；五，風力遒勁；而六醜(『正單衣試酒』)，青玉案(『良夜燈光簇如豆』)，歸去樂(『佳約人未知』)，蝶戀花(『魚尾霞生明遠樹』)等皆可爲我們佐證。在這五點中，前三者上承柳永，後二者下開姜夔。

關於周派詞人我們也難以盡述，現在只講万俟詠，晁端禮，呂渭老，蔡伸四人。万俟詠（生卒未詳）字雅言，大梁（？）人。政和初，召試補官，爲大晟樂府製撰官。他同周邦彥都祖述柳永，故其作品中頗有『側艷』和頌諛者。『側艷』的詞已不可見，不過碧雞漫志，如此說罷了。至頌諛之作則快活年近拍（『千秋萬歲君』）諸詞具在。晁端禮（生卒未詳）字次膺，鉅野人。熙甯六年進士，後入大晟樂府爲製撰官。任他詞集中如並蒂芙蓉（『太液波澄』）上林春（『相識來來』）等，或頌美祥瑞，或以俗語寫艷情，與柳周均有接近的地方。呂渭老（生卒未詳）字聖求，秀州人。宣和朝士。他頗喜歡琱琢辭句，故其精工處殊有周風，如選冠子（『風約晴雲』）與早梅芳近（『晝梁深』）等皆然。蔡伸（生卒未詳）字伸道，莆田人。宣和中，官彭城倅，歷左中大夫。他的作風與柳周並有相類處。如惜奴嬌（『隔闊多時』）等以俗語寫艷情，既似柳的玉女搖仙佩與周的歸去樂，而蘇武慢（『雁落平沙』）等的精工遒勁又與周的塞垣春（『暮色分平野』）可稱伯仲。

與蘇周同時而與他們二人的作風不同，甚且毫無關係的還有不少的作者，玆述其最重要者。晏幾道(1050？—1120？)字叔原，晏殊幼子。嘗監穎昌許田鎮。因爲他是位不得志的貴公子，故他的作風含有風流華貴和沉鬱纏綿兩種特點。屬於前者的如臨江仙(『旖旎仙花解語』)等，屬後者的如鷓鴣天(『醉拍春衫惜舊香』)等。故論者或比他於金陵王謝子弟，或稱他爲『古之傷心人』。賀鑄(1063—1120)字方回，衛州人。元祐中通判泗州，倅太平州。後退居吳下。他是位介在晏殊與周邦彥間的作者，而與晏尤近。如浣溪沙(『樓角紅銷一縷霞』)和望長安(『排辦張燈春事早』)等均與晏的臨江仙，鷓鴣天類，而伴寘来(『烟絡橫林』)諸闋又宛然與周的塞垣春疑出一手。秦觀(1049—1100)字少游，揚州高郵人。初以進士任定海主簿，蔡州教授。元祐時，除太學博士，祕書省正字等職。後以事貶處州，繼徙郴，橫，雷等州。徽宗初，卒於藤州。他的詞以淒絕婉約見長，如踏莎行（『霧失樓台』）與畫堂春（『落紅鋪徑水平池』）皆然。但他也有些許類柳永處，如品令（『掉又臛』）卽是。李清照（1081—1140？）號易安居士，濟南人。李格非女，趙明誠妻。她的作風雖以婉約著，但在早年的與在晚年的却不甚相同。早年的作品多清麗妍媚，晚年的作品多淒清淡淨。如如夢令（『昨夜雨疏風驟』）與御街行（『藤床紙帳朝眠起』）等皆可爲我們證實。故在晏，賀，秦，李四人中，賀與晏近，李與秦近，而對於已經衰歇的南唐派，多少都有淵源。

* * * * *

次敍靖康以後的宋詞。

在南宋的百數十年中，詞壇上有兩個領袖——辛棄疾與姜夔。他們二人都各有其羽翼，故南宋的辛姜頗似北宋的蘇周。以下我們先講辛棄疾與辛派，然後再論姜夔與姜派。

辛棄疾(1140—1207)字幼安，濟南歷城人。耿京聚兵山東節制忠義軍馬，留掌書記。紹興末，令奉表南歸，高宗召見，授承務郎。孝宗時，爲祕閣修撰，湖南安撫使等官，後以言者彈劾落職。光宗時，起爲福建提點刑獄官，尋出知福州，兼福建安撫使。寧宗時，官浙江安撫使，加寶謨閣待制，出知鎮江與江陵，開禧初卒。因爲他是個天才絕高，閱世絕深，而創作性極富的人，所以他的詞也是龍騰虎擲，堂廡之大爲兩宋冠。就他的作品的風格論，亦悲壯，亦瀟洒，亦綿麗，亦澹婉，如賀新郎（『老大那堪說』）沁園春（『一水西來』），祝英臺近（『寶釵多』），醜奴兒近（『千峯雲起』）等，雖各類的數量上有多寡之殊，但都有古今傳唱的佳作。就他的作品的內容論，他不以男女艷情自限（辛詞中此類詞極少），而以詞寫他的哲理，寫他的逸情，寫他的慷慨激昂牢騷不平之氣，如哨遍（『蝸角鬬爭』）賀新郎（『甚矣吾衰矣』），鷓鴣天（『壯歲旌旗擁萬夫』）等皆是。就他的辭句論，他驅遣經史，奴役詩騷，且大批的採用散文句法，如水調歌頭（『長恨復長恨』），踏莎行（『進退存亡』）等，直不勝枚舉。就他的詞的體製論，有用盟誓體的，如水調歌頭（『帶湖吾甚愛』）有做招魂的，如水龍吟（『聽兮清珮瓊瑤些』），有用對話的，如沁園春（『盃汝前來』），其體製均極奇特。總之，宋詞到蘇軾手裏發生了個變化，蘇派詞到辛棄疾手裏又發生了個變化。蘇軾的詞還只是似詩而已，辛詞則幾乎將詞同散文打成一片；而變淸曠爲悲壯，尤其是辛棄疾與辛派詞人的特殊作風。他是蘇派的繼承者，同時又是蘇派的改革者。

對於辛派詞人，我們敍述最負盛名的朱敦儒，陸游，劉過，劉克莊等四人。

朱敦儒（1080？—1175？）字希眞，洛陽人。北宋末年，以布衣負重名。南渡後始應徵出仕。秦檜當國，用他爲鴻臚少卿，檜死，坐廢。他的作風與蘇軾，周邦彥，辛棄疾都有類似的地方。他的淸曠處近蘇，如念奴嬌（『放船縱櫂』）等；精工處近周，如滿庭芳（『花滿金盆』）等；悲壯處近辛，如水龍吟（『放船千里淩波去』）等。陸游（1125—1210）字務觀，山陰人。少以蔭補官，隆興中，任樞密院編修官，後以言事出通判建康府。范成大帥蜀，以他爲參議官。寧宗時。官至寶章閣待制，致仕。陸詞中如漢宮春（『羽箭雕弓』）與洞庭春色（『壯歲文章』）等皆頗有辛風，但如朝中措（『怕歌愁舞懶逢迎』）與烏夜啼（『金鴨餘香尙暖』）則微近賀鑄。劉過（1150？—1220？）字改之，太和人。性慷慨，曾伏闕上書，請光宗過宮，又上書時宰，陳恢復方略。他的性格旣與辛棄疾近，又嘗爲辛的門客，故他的詞似辛者頗多。如賀新郞（『彈鋏西來路』）與沁園春（『斗酒彘肩』）等，不獨悲壯慷慨處近辛，卽僻句亦多相似。劉克莊（1187—1269）字潛夫，莆田人。初以郊恩補官，理宗時任樞密院編修官，崇政殿說書等職。因當時朝內黨爭甚烈，故屢進屢退，度宗初年卒。在南宋詞人中，他最推重陸游與辛棄疾，故他的作品，無論是在辭句上，在體製上，抑在風格上都是步武棄疾。如念奴嬌（『輪雲世故』），沁園春（『剝啄誰歟』），賀新郎（『北望神州路』）等，其例殊多。但二劉都有個缺點，便是失之粗獷，因為他們只能豪放而不能清曠。

當辛棄疾十餘歲時，江西產生了位大詞人——姜夔。姜夔（1155？—1235？）字堯章，鄱陽人。工詩，善書，尤邃於音律，故一時名公鉅卿，如范成大，楊萬里，張鎡等皆與他締交。性好遊，鄂，湘，吳，越諸地並有他的踪跡。慶元中，上書乞正太常雅樂，得免解，與試禮部，卒不第。端平時（？）卒。同辛棄疾對於蘇派詞一樣，他是周邦彥一派的承繼者與革改者。因此，他對於詞不獨要牠辭句工巧，而且要牠音律和諧，如齊天樂（『庾郎先自吟愁賦』）與滿江紅（序）皆可爲我們證明他這種主張。又周派詞人常喜歡做些膚淺的頌詞和肉麻的情詞，他則一洗這種陋習，而以騷雅沉鬱見長。長調中如長亭怨慢（『漸吹盡枝頭香絮』）與玲瓏四犯（『疊鼓夜寒』），『小詞』中如點絳唇（『燕雁無心』）與踏莎行（『燕燕輕盈』）等無不如是。繼姜而起的詞人，如吳文英，張炎輩論詞皆主張『雅』，想都是受了他的影響。

南宋詞人『具夔之一體』者有張輯，盧祖皋，史達祖，吳文英，蔣捷，王沂孫。周密，張炎等，玆選述吳，王，周，張四位。吳文英（1205？—1276？）字君特，四明人。嘗爲『榮王府上客』，與賈似道『以文字相酬酢』。但在他的暮年似很不得意，喜遷鶯詞可以爲證。他對於詞的主張是：『音律欲其協』，『下字欲其雅』，『用字不可太露』，『發意不可太高』，故他的作品也極力琱琢，盡量的用典故，專在辭句上做工夫。這類詞固然也有沈邃博麗的優點，但常失於堆砌，晦澀。所以在他的集子中，『小詞』常勝於長調。長調中如齊天樂（『烟波桃葉西陵路』）等雖頗沉鬱，而令人有雕繪滿目之感，『小詞』中如點絳唇（『明月茫茫』）與思嘉客（『迷蜨無蹤曉夢沈』）等，或清挺，或姸婉，均極完美。周密（1232—1308）字公謹，濟南人。淳祐時，爲義烏令，後爲浙西帥司幕官。宋亡後，家杭，以歌詠著述自娛。這是位介在吳文英與張炎間的作者。他與吳接近處在麗密，在晦澀；與張接近處在清疏，在淒咽。如夜合花（『月地無塵』）即前者的例子，一萼紅（『步深幽』）即後者的例子。大約周密早年頗慕吳文英的麗密，暮年憂患餘生，觸目成愁，便成了張炎的同好。王沂孫（1240？—1290？）字聖與，會稽人。元正元中爲慶元路學正。雖然他的作風與吳張均有相類處，但與周密之近吳張微異。大抵他的情調近張，而辭句則類吳。如齊天樂（『綠槐千樹西窗悄』）與水龍吟（『翠雲遙擁環妃』）等都如此。張炎（1248—1320？）字叔夏，西秦人。他是清河郡王張俊的裔孫，宋亡後，落魄而死。在姜派詞人中，他的地位是與吳文英並立的，而且是反對吳文英最力的人。他雖也很重音律，但他的作風的特點却是清疏與淒咽。如湘月（『行行且止』）與台城路（『朗吟未了西湖酒』）等，這些寫景寫情的詞都極淺近明白。至如高陽台（『接葉巢鶯』）與甘州（『記玉關踏雪事清遊』）等寫盛衰牢落之感，使讀者亦爲之黯然神傷，他不獨善作詞，且善論詞，他的詞源是歷代詞評中一部很重要的著作。

* * * * *

詞在兩宋的概況，我們以上述的二十八人爲代表。此外如北宋的宋祁，毛滂等，南宋的張孝祥，范成大等，雖均爲一代名家，但我們實不能盡述了。宋亡而元代興，那已是散曲的時代，我們在下文細論。

第十三講終

第十四講　元明散曲

繼詞而起的是散曲。牠萌芽於宋金，大盛於元明，到了清代便因盛極而趨於衰歇了。故原始要終而論，散曲的時代差不多占有六個多世紀，而我們擷其精英，只就牠的黃金時代（元明）加以論述。

* * * * *

先敘述元代。

散曲到了元代，宛如詞在北宋。此時的作者頗多，作風也彼此岐異。但在這許多多的作者中，有兩位可以表率羣倫的作者，馬致遠與張可久；在這種種不同的作風中，有兩派比較重要的作風，豪放與清麗。豪放者以馬致遠爲領袖，其同派的重要作者有馮子振，張養浩，劉致，貫雲石等人。清麗者以張可久爲領袖，其同派的重要作者有關漢卿，白樸，盧摯，喬吉等人。茲依照他們的派別略述其身世及作風於後。

馬致遠（生卒未詳）號東籬，大都人，他的年代我們雖不能確知，但王國維宋元戲曲考列他於『第一期』，可知他應是十三世紀前期的作者。他的事蹟也不大可考，就他的作品所表現者推論，他的爲人似乎很瀟洒，少年時也曾迷戀過功名，迨所遇不遂（他只做過浙江行省務官），便退林下，與『酒中仙，塵外客，林間友』過那『剪裁冰雪，追陪風月』的生活。他取號『東籬』也許就爲此，此時他的年紀總已四五十歲了。在元代曲家中，他實是個頭等角色。他不獨工散曲，劇曲也可以領袖羣英。他作過十餘種雜劇，就中漢宮秋曾被推爲元劇之冠。他的散曲有輯本東籬樂府一卷，約存小令百餘首，套數十餘首。在元散曲家中，他頗似詞中的蘇軾。我們如此比擬的理由有三：一，他們都是於豪放外兼有清逸；二，他們寫性愛時都不歡喜作狎昵語；三，在豪放派中，他們都是『開山祖』。馬曲中如秋興，歎世，『雲籠月』，『從別後』諸曲都可爲前說的例證。餘如惜春（一枝花），借馬（耍孩兒套），和盧疎齋西湖（湘妃怨），秋思（天淨沙）等，或豐腴詳贍，或明暢如話，或秀美，或淒惋，雖與馬曲的一般作風不盡相類，但都不失爲佳作。太和正音譜稱馬曲『有振鬣長鳴，萬馬皆瘖之意』，是的，若以馬喻元曲家，馬致遠確是其中的騏驥。

馬派曲家中，以馮子振的年代爲較早，故從他敍起。馮子振（1257—1315？）字海粟，自號怪怪道人，攸州人。他曾做過承事郎和集賢待制。在元代作者中，他是被推爲『豪辣灝爛』的，故他的作品如市朝歸興，赤壁懷古（鸚鵡曲），『緣結來生淨果』（沉醉東風）等均豪放而蕭爽。張養浩（1269—1329）字希孟，號雲莊，濟南人。曾爲元翰林待制、禮部尙書等官。他的散曲有雲莊休居自適小樂府一卷。這部集子寫的多是他去官家居時的情懷與生活，其作風則兼有豪放與清逸，如『在官時只說閒』（沽美酒），退隱（雁兒落帶得勝令），過金山寺（折桂令）等皆可爲代表。劉致（1280？—？）字時中，號逋齋，洪都人。曾爲元翰林待制，浙江行省都事等官。在他的散曲中，最值得我們稱述的是套數。這類作品雖不多，但都議論縱橫，寄慨遙深，就中上高司監二套，或敷陳災民的苦况，或揭發庫吏的黑幕，在元散曲中尤可稱奇特而珍貴的作品。套數而外，小令中亦有不少佳者，如燕城述懷，西湖醉歌次郭振卿韵（並小[illegible]十）等皆是。貫雲石（1286—1324）畏吾人。父名貫只哥，遂以貫爲氏，自名小雲石海涯，又號酸齋。元仁宗時，曾爲翰林侍讀學士。近人輯他和徐再思的散曲成酸甜樂府二卷。他的作風，雖間有淸潤與穠艷者，但究以豪放淸逸者爲主，如『棄微名去來心快哉』（淸江引），『覺來評』（殿前歡），懶雲窩（殿前歡）等皆如此。『天馬脫羈』，在這四字中，我們便可想見貫雲石的作風。鄧玉賓（生卒未詳）字里無考。據錄鬼簿知他曾做元同知，其時代與馮子振，貫雲石諸人相若。他的散曲現存雖不多，但我們却不能不承認他是馬派的健將。如小令中的道情與套數中的『迷雲棧上』，其豪放清逸處實不在『振鬣長鳴』和『天馬脫羈』的馬貫之下。劉庭信（生卒未詳）字里無考，我們只知道他是元南臺御史劉庭翰的族弟，俗呼為黑劉五。在他的作品中以下述兩類為最多。一，豪放清逸的，如『怕衣冠束縛』與『近三叉道北』（並醉太平）等；二，『奇麗』的，如『呆小姐』（寨兒令）與『稱絲兒縛虎是難縛』（水仙子）等。餘如『蝦鬚簾控紫銅鈎』（水仙子），『謊吾廬綠樹扶疎』等，非不清潤穠麗，但應視為例外。汪元亨（生卒未詳）號雲林，籍貫無考。他的集子有小隱餘音和雲林清賞各一卷，已佚，近人有小隱餘音輯本。就現存的汪曲看，他的作風也是屬於豪放派的。如『惜蒼蠅見血』（醉太平）

等曲皆有睥睨一切的氣概。馬九皐（生卒未詳）字里無考。他的代表作有『醉歸來』（殿前歡）與『驚人學業』（山坡羊）等。這些作品或以華貴勝，或以沉著勝，但都以豪放爲主。元曲家中應屬馬派者實不止此，以上所述只是擇其較重要者說說而已。

張可久（生卒未詳）字小山（一說字伯遠），慶元人。他的時代較馬致遠略晚，約當十三世紀後期與十四世紀初年。對於他的行事，我們不甚詳悉，所曉得的是：他曾以路吏轉首領官，又爲桐廬典史，暮年（？）便隱居西湖了。在大家競作劇的元代，他專致力於散曲，故他的作品也較他家爲多。他的散曲有小山北曲聯樂府三卷，外集一卷，近人改編爲小山樂府，凡六卷，約存曲七百五十餘首。張曲的特異處是『騷雅』與蘊藉。其寫景者如是，其寫情者如是，以至『樂閑』，詠物無不如是。在這種基本的作風中，有偏於清俊的，如桐柏山中（清江引）等；

有偏於華美的，如離思（殿前歡）等；有偏於悽惋的，如九日（折桂令）等。若以詞爲喻，其清俊者似毛（滂）陳（與義），華美者似晏（幾道）賀（鑄），悽惋者似秦（觀）李（清照）。牠們的風格雖微有出入，但都有不少名篇傑作。不過，張曲以崇尚『騷雅』與蘊藉的緣故，致其作品有不少似詩或詞的。如湖山夜景（梧葉兒），湖上醉餘（凭闌人）等皆然。這些作品雖也都清新，婉媚，但常失去曲子所獨具的流宕與蕭爽的特長，論者對張曲間有微辭者，大都爲此。

對於張派曲家我們從關漢卿敍起。關漢卿（1200？—1280？）號已齋叟，大都人。金末解元，曾任太醫院尹，金亡不仕。他的散曲的作風與他的劇曲的作風頗殊。他的劇曲以『雄奇排奡』見長，散曲以婉麗者爲多。關曲中如離情（青杏子）與春（大德歌）便是婉者的例子，又如『伴夜月銀箏鳳閑』（沉醉東風）與不伏老（黃鍾煞）便是麗者的例子。他的『雅麗』處雖不及後來的張可久與喬吉等，而『奇麗』處却可說是喬吉的先驅。白樸(1226—1285？)字仁甫，眞定人。因飽經喪亂之故，志趣極恬淡。中統初有人以『所業』薦於朝，他辭不就。元一統後，便移家金陵，與諸道老游，在他的散曲中雖也有以豪放名的作品，但究以俊爽秀美者爲多，如吹(駐馬聽)：春，秋(並天淨沙)，對景(喬木查)等皆可供我們參考。至如知幾(陽春曲)諸曲，則寄慨遙深，頗似張可久的樂閒(金字經)了。盧摯(1235？—1300？)字處道，號疏齋，涿郡人。元進士，曾任集賢學士與江東道廉訪使諸官。他的散曲大約可分爲兩類：一，清潤的，如『弄陽人』(殿前歡)與『碧波中范蠡乘舟』(蟾宮曲)等；二，華美的，如適興與『金焦葉』等。但在這兩類中却有共同之點，便是『騷雅』與蘊藉。逞才使氣和俚俗輕褻的作品，是盧曲中所難是到的。故就現存的作品論，盧張確很相近。喬吉(1280?—1345)字夢符，號笙鶴翁，又號惺惺道人，太原人。他爲人美容儀，能詞章，以威嚴自持，人們都敬畏他。他的散曲有近人所輯的夢符散曲二卷，內分惺惺道人樂府，文湖州集詞與撫遺。在元代曲家中，他與張可久是並稱的。但張曲一味『騷雅』，故只能做到『雅麗』的地步，他則雅俗並用，故又以『奇麗』擅名。喬曲中如暮春即事與尋梅（並水仙子）等，或華美，或清潤，置在張曲中都將亂眞；而爲友人作（水仙子）與勸求妓者（折桂令）等則爲張曲所無。鄭光祖（生卒未詳）字德輝，平陽襄陵人。曾以儒補杭州路吏。他的散曲現存者不甚多，其中如夢中作（蟾宮曲），『弊裘塵土壓征鞍』（折桂令），秋閨（駐馬聽）等，與張可久曲都有相類處。徐再思（生卒未詳）字德可，號甜齋，嘉興人。事蹟已不可考，其年輩約與喬吉相若。酸齋與甜齋雖是並稱的，但他們的作風則頗異。酸齋近馬，甜齋近張。徐曲中如夜雨（水仙子）的悽惋，春（閱金經）的華美，春思（梧葉兒）的艷麗，都可以告訴我們徐張是如何的接近。曹明善（生卒未詳）

字里無考，曾爲衢州路吏（一說謂曾爲山東憲使）。鍾嗣成稱他的散曲不在張可久之下，可知他在當時也是位很有名的作者。他的作風是秀潤自然，其例有西湖早春（折桂令）與村居（沉醉東風）等。此七八外，張可久的同派還有吳西逸，錢霖等，篇幅所限，一概從略。

* * * *

現在講到明代了。

散曲在明，仍是極一時之盛。但此時有個可注意的變化，便是崑腔的誕生。故在元代重要的曲派有二，此時則岐而爲三。這三派是：一，馮惟敏，王九思，康海等；二，王磐，金鑾，施紹莘等；三，梁辰魚，沈璟，王驥德等。馮惟敏與王九思等可以說是承繼馬致遠一派的，王磐與金鑾等可以說是承繼張可久一派的，至於梁沈一派，那是崑腔給於明散曲的影響，他們尚文雅工麗，重視音律，喜集曲與翻譜，同時元人的蒼茫蕭爽的優點到此也不復存在了。茲依元代的體例，略述各位作者的身世與作風。

我們先敍馮惟敏等。

馮惟敏（1511—1580？）字汝行，號海浮，臨朐人。嘉靖十六年「登鄉薦」四十一年官淶水知縣，四十四年改鎮江教授，隆慶三年任保定通判，五年「量移東歸」，「擢魯士師」，次年歸田不仕。他的散曲集有海浮山堂詞稿三卷，附錄一卷，共存套數五十首左右，小令幾四百首。他與馬致遠雖同爲豪放派的領袖，但他們的作風則不甚同。馬似詞中的蘇軾，好處是氣體清逸；馮似詞中的辛棄疾，好處是堂廡宏闊。故就馮曲的內容論，其中有罵世的（如呂純陽三界一覽），嘲謔的（如肫妓），勸戒的（如家訓），記事的（如十美人被杖），詠物的（如詠詩匏），寫景的（如治源大十景）等等，異常豐富；就馮曲的風格論，馳雖以豪放爲主，而『奇麗』的，樸質的，穠艷的，淸潤的，如僧尼共犯（點絳唇套），對驢彈琴（一枝花套），示姪（黃羅歌），臂枕（仙子步蟾宮），閒適（玉交枝），病憶山中（折桂令）諸曲也是我們所習見的；至於體製方面，如李中麓歸田（點絳唇套），四景閨詞（蟾宮），頂針敍情（集賢賓）等，體製都很別致，而李中麓歸田尤奇。總之，就作品的優劣論，馮惟敏固不能爲散曲作者中的第一人，而就氣魄的小大論，他應是個中巨擘。

與馮惟敏同派的曲家有四位較重的：

（1）王九思（1468—1551）字敬夫，號渼陂，鄠人。有碧山樂府一卷，樂府拾遺一卷，碧山續稿一卷。其中如『一拳打脫鳳凰籠』（水仙子帶折桂令）與歸興（新水令套）都極『軒爽』，可爲代表。但王曲中鬆懈者多，精整者少，粗豪者多，淸逸者少，這是牠的大缺點。

（2）康海（1475—1540）字德涵，號對山，武功人。有沜東樂府二卷。這些作品大都不出憤世與『樂閑』兩種，而其作風則都是豪放的，如秋興次渼陂先生韻（端正好套）與漫興（寨兒令）等皆可爲例。他的作品較王九思的精粹得多，故王似詞中的劉克莊，他則是張孝祥。

（3）常倫（1492—1525）字明卿，號樓居，沁水人。有寫情集二卷。這些作品的風格多是豪放的，內容則於憤世，『樂閑』外，並喜言神仙。其例如『囘首蓬壺』（醉花陰套）與『悶葫蘆一摔一個粉碎』（山坡羊）等。

（4）李開先（1501—2568）字伯華，號中麓，章邱人。有李中麓樂府，中麓小令以及與王九思合作的南曲次韻。這些作品現在已不能完全看到，就所見者論，他的作品雖屬『感憤激烈』，『洋洋盈耳』；但乏剪裁，故嫌拖沓。其中如『曲彎彎』，『雨絲絲』（並傍粧台）等，可算是李曲中的傑作。

次敘王磐等。

王磐（生卒未詳）字鴻漸，號西樓，高郵人。據堯山堂外紀所載，他應是十五世紀與十六世紀間的作者。他的家資本很富饒，但他「獨厭綺麗之習，雅好古文詞」，「琴，弈，書，畫咸精」。性好樓居，構樓于城西僻地，坐臥其中，幅巾棐杖，飄然若仙。他的散曲有王西樓樂府一卷，約存小令六十餘首，套數九首。在弘治正德間，他曾被推爲「詞人之冠」。以他與張可久比，同處有三，異處亦有三。騷雅，淸俊，華美，此三者乃張王所同的。張尙蘊藉，王尙放逸；張多悽惋，王多瀟洒；王以俳諧名，張則否；此三者乃張王所異的。如欲證明此說，則月牧（落梅風），寒裘（淸江引），自詠西樓（一枝花套），失雞（滿庭芳）等曲都可供我們參考。總之，凝靜與生動，是張王二家的分界；騷雅與淸華，則二家所同具。

與王磐相近的曲家有六位較重要的：

(1)陳鐸（生卒未詳）字大聲，號秋碧，下邳人。有梨雲寄傲，秋碧樂府，月香小稿各一卷。其作風大都清麗明暢，如秦淮漁隱（一枝花套）與漁隱（新水令套）等曲皆然。

(2)楊愼(1488—1559)字用修，號升庵，新都人。有陶情樂府四卷。這些作品雖不甚精粹，其佳者則多具爽氣，眞摯的優點，如『萬里雲南』（點絳唇套），『黃昏畫角歇』（羅江怨）等曲皆可爲例。他繼室黃夫人亦工曲。她作風大約與楊愼相類，而較楊縱恣。其例有『好恩情花上花』（一枝花套），維揚風月（點絳唇套）等。

(3)金鑾（生卒未詳）字在衡，號白嶼，隴西人。有蕭爽齋樂府二卷。其作風與王磐最近。如送吳懷梅（新水令套）與嘲高北橋（滿庭芳）等便可爲代表。

（4）陳所聞（生卒未詳）字蓋卿，秣陵人。有輯本陳藎卿散曲一卷。他的作風頗近陳鐸，而較陳鐸精粹，其例有贈徐王孫（一枝花套）與清涼寺（懶畫眉）等。

（5）施紹莘（1588—1640？）字子野，號峯泖浪仙，華亭人。有花影集四卷。這些作品約以下述三類爲主：一，清俊秀逸的，如泖上新居（步步嬌套）等；二，纏綿哀艷的，如惜花（二郎神套）等；三，爽利老辣的，如合鏡詞（金索掛梧桐套）等。在施曲中，這三類各有其支庶，而第二類更影響到清代的作者。總之，施紹莘是明季最重要的曲家，他既兼有馮王諸人之勝，更以纏綿哀艷啓迪後人。

此六人外，還有一位與王磐不很相近而頗重要的作者——沈仕——今附著於此。

沈仕（生卒未詳）字懋學，號靑門山人，仁和人。有新輯本唾窗絨與沈靑門散曲各一卷。他的作風是艷冶與綿麗。其代表作有美人鷹寢（黃鶯兒），幽會（懶畫眉套）等。

最後敍述梁辰魚與沈璟等。

梁辰魚(1520？—1580？)字伯龍。號少白，又號仇池外史，崑山人。以例貢爲太學生。爲人任俠，好遊，工詩，精音律，時邑人魏良輔創崑腔，他首先採用，於劇曲有浣紗記，於散曲有江東白苧。江東白苧凡四卷，約存小令套數各三十首左右。他這些作品大都是雅麗工緻，而失於板滯或晦澀。曲子如此，曲序亦然。如詠紙欄（白練序套）的曲與序都可爲我們證明。其中較完美者如擬金陵懷古（夜行船套），秋日登穀水驛樓（畫眉序套）等，都極剴切眞實，雖欠生動，却頗能感人。

沈璟(1550？—1615？)字伯英，號寧庵，又號詞隱生，吳江人。萬歷初舉進士，任考功員外郞等職。萬曆中乞歸，家居二十餘年始卒。無論在劇曲方面，抑在散曲方面，他都處在領袖的地位。在劇曲中人以他與湯顯祖並稱，在散曲中人以他與梁辰魚並稱。梁湯以文辭，他以韵律。晚明重韵律的風氣實以沈而大著。他的散曲有情癡寱語一卷，詞隱新詞一卷，曲海靑冰二卷（見曲律），近有新輯本沈伯英散曲一卷，約存小令十餘首，套數三十餘首。因爲他是位重視韵律而輕忽辭意的作者，所以他作品多不能令人滿意。他的作品中以寫艷情與翻譜者爲多，而這些作品大都是平庸陳腐，點金成鐵。就中較佳者當數傷春（集賢賓套），書懷（普天樂套），招夢（金甌線解醒套）等，但也只是庸中佼佼能了。

此時作者與梁沈接近的我們選敍六人：

（1）張鳳翼（1527—1613）字伯起，號靈墟，又號冷然居士，長洲人。有敲月軒詞稿（見太霞新奏）。就現存者論，其中疏俊的，如風情（桂枝香）；也有工麗的，如秋懷（梁州賀新郎套）等。

（2）史槃（1530？—1630？）字叔考，會稽人。有齒雪餘音（見曲律）。就現存的作品論，以爽利與工麗者爲大宗。屬於前者的如題情（醉羅歌）等；屬於後者的如咏簾櫳（六犯清音）等。

（3）王驥德（？—1623？）字伯良，號方諸生，又號秦樓外史，會稽人。有方諸館樂府二卷（見毛以燧曲律跋）。他是梁沈派的重要作者，他不獨善論曲，且善作曲。其作品如酬穆仲裕內史（刷子帶芙蓉曲），待歸（鎖南枝），贈田姬（宜春令套），咏雪（梁州新郎）等，或悲壯，或婉約，或艷冶，或工巧，都真切而生動。

（4）馮夢龍（？—1645）字猶龍，一字耳猶（或作子猶），號姑蘇詞奴，又號顧曲散人，墨憨子，別署龍子猶，吳縣人。有宛轉歌（見太霞新奏）。他雖同沈王一樣頗重曲的韵律，但他的作品却以質樸奇俊勝。如贈書（玉胞肚），贈童子居福緣（江頭金桂套），有懷（集賢賓套）等皆是。

（5）卜世臣（生卒未詳）字大匡，號大荒逋客，又號藍水，秀水人。有輯本卜大荒散曲一卷。在他的作品中頗有些穠麗工巧的。如春景（畫眉序套），七夕（六犯清音）等皆可爲證。

（6）沈自晉（1580？—1660？）字伯明，一字長康，號鞠通生，吳江人。有賭墅餘音，越溪新詠，不殊堂近稿，黍離續奏（見南詞新譜）。他是沈璟的侄子，故也重視曲的韵律。他的作風有秀麗，悲壯兩種，而以明亡爲轉變的關鍵。如斷橋閒步（懶畫眉）與乙酉避亂思歸（六犯清音）等即其例。

元明兩代的散曲略如上述。散曲在清代雖也孕育了許多作者，但牠在晚明已如詞在宋季，我們不述明以後的散曲，正如不敍宋以後的詞一樣。

第十四講終

第十五講　元明雜劇

與散曲的時代相若而且關係很密切的是元明的雜劇與明清的傳奇。關於傳奇，我們在下文講，現在只論元明的雜劇。雜劇源於宋金，盛於元，變於明，到清便成爲弩末了，故同散曲一樣，我們以下所述即以元明爲限。

*　*　*　*　*

在元代百餘位的作者中，我們先錢地位較高的六家——關漢卿，王實甫，馬致遠，白樸，喬吉，鄭光祖。關漢卿事蹟與散曲已詳上文，現在只述他的雜劇。他的作劇的生活在金末似已開始，其作品之有目可稽者約在六十種以上，現存者倘有關張雙赴西蜀夢，閨怨佳人拜月亭，錢大尹智寵謝天香，杜蕊娘智賞金線池，望江亭中秋切鱠旦，趙盼兒風月救風塵，關大王單刀赴會，溫太眞玉鏡台，詐妮子調風月，包待制三勘蝴蝶夢，感天動地竇娥冤，包待制智斬魯齋郎等，而以竇娥冤爲最。至於他的作風，論者多以『奇纍雄放』相許，而細加分析則有下邊諸種特點：一，元劇本尙『本色』，關劇尤甚。如拜月亭的油葫蘆與呆古朵，竇娥冤的鮑老催等，這些古今傳誦的爲後代名手所摹擬的曲子，都是明暢如話而剴切動人。二，關劇所常寫而且善寫的不是兒女柔情，而是人情世故。其中有寫老鴇的狠毒的，如金線池的點絳脣與混江龍；有寫妓女從良時擇人的困難的，如救風塵的混江龍，油葫蘆與天下樂；此例殊多，難以枚舉。三，關劇中的人物個性皆頗顯著。如杜蕊娘的喜妬，謝天香的聰慧，趙盼兒的練達，其例亦多。四，關劇最富於反抗的精神，故多沈痛激烈處。如蝴蝶夢的黃鐘尾與滾繡球，竇娥冤的端正好與滾繡球皆然。故元劇中的關漢卿頗似宋詞中的辛棄疾，他們都不喜歡琱章琢句，他們都不喜歡寫兒女柔情，他們的氣魄又都很雄偉。有人說關漢卿似詩中的白居易，這是有待商酌的評話。與關漢卿同時而旗鼓相當的是王實甫。王實甫（生卒未詳）大都人。他的事蹟已不可考，就其麗春堂推測，知道他也是由金入元的作者。王劇的存目只有十餘種，現存的是崔鶯鶯待月西廂記，四丞相歌舞麗春堂以及韓彩雲絲竹芙蓉亭的一部分，而以西廂記爲最。他的作風是『雅艷』婉媚，無論是寫人，寫景，寫情，大都如是。如西廂記的五供養（第三本第二折）與混江龍（第一本第一折），芙蓉亭的混江龍等都是很妥切的代表。故以宋詞人喻元劇家，則王實甫可說是晏（幾道）秦（觀）之流亞。與關王同時（？）而可與他們鼎立的有馬致遠。馬致遠是元代重要的散曲家，其事蹟與散曲均已詳前。他的雜劇凡十餘種，現存者有江州司馬青衫淚，呂洞賓三醉岳陽樓，太華山陳摶高臥，破幽夢孤雁漢宮秋，半夜雷轟薦福碑，馬丹陽三度任風子等，而以陳摶高臥爲最。在這些作品中，我們可發現馬劇的兩種特點。一，他所取的題材多是『把芙蓉」「朝玉京」的仙人或「弄花起早」「愛月眠遲」的詩人；二，他的作風極清俊：如陳摶高臥的倘秀才三煞與新水令等並可爲例。至於被人推爲「元曲之冠」的漢宮秋雖其中有不少「勝語」如第一折的點絳脣，混江龍，金盞兒等，第三折的梅花酒，收江南等，但牠同李斯的諫逐客書一樣，雖可說是馬致遠的傑作，而不足以代表馬劇。較三家微晚而負古今盛名的作者當推白樸。他的事蹟與散曲已詳，在戲劇方面，他的作品也有十餘種，現存的只有唐明皇秋夜梧桐雨與鴛鴦簡牆頭馬上二種以及李克用箭射雙雕，韓采蘋御水流紅葉的一部分，而以梧桐雨爲最。對於關王馬三家，他的作風最近王實甫，如梧桐雨的憶王孫與勝葫蘆，牆頭馬上的鵲踏枝與寄生草等，都頗華美婉妍，與西廂記可稱伯仲。故就元曲的源流派別論，白樸只是王派的一位重要作者，而就作品的優劣論，則「秋雨梧桐」實不在「碧雲黃花」之下。在所謂「第二期」的作者中喬吉與鄭光祖也極重要。他們的事蹟與散曲已詳，茲論其劇曲。喬吉所作劇約十餘種，今存玉簫女兩世姻緣，杜牧之詩酒揚州夢，李太白匹配金錢記三劇，而以揚州夢爲最。他的散曲本以『麗』擅名，故其劇曲的作風也是屬『雅艷』婉媚一派的。如揚州夢的點絳唇與兩世姻緣的上馬嬌，我們讀了這些曲子便疑惑着是讀晏（幾道）賀（鑄）的『小詞』：又如揚州夢的混江龍，其鋪敍詳贍處又似柳（永）周（邦彥）的慢詞。鄭光祖所作劇近二十種，現存者是迷靑瑣倩女離魂，㑳梅香翰林風月，醉思鄉王粲登樓，周公輔成王攝政諸劇，而以倩女離魂與王粲登樓爲最。就現存這四劇看，他的作風雖也有慷慨磊落的地方，而柔媚宛轉亦所不廢，至於造句遣辭則同王（實甫）白（樸）諸人一樣偏重典雅和藻麗。如王粲登樓的普天樂，倩女離魂的古寨兒令，㑳梅香的那吒令等。並可爲前說之證。

較上述六家地位稍次的還有十二人。此十二人中與關漢卿接近者五人——楊顯之，高文秀，王仲文，武漢臣及宮大用。楊顯之（生卒未詳）大都人。他與關漢卿交情頗篤，作風也與關追近，如酷寒亭的寨兒令與紅芍藥諸曲皆是。高文秀（生卒未詳）東平人。他作劇極喜譜梁山泊的故事，作風則「力追漢卿」，如詐范叔的叨叨令與滾繡球，雙獻功的滾繡球與耍孩兒等皆質素而雄肆。王仲文（生卒未詳）大都人。他的救孝子絕似關漢卿的竇娥寃，如端正好，滾繡球，粉蝶兒等曲既與關曲同樣的悲壯雄肆，其女主角李氏的性格與遭遇尤與竇娥寃中的竇娥近。武漢臣（生卒未詳）濟南人。就他的現存的作品論，無論是在題材上抑在風格上，大都近關，其例如老生兒的油葫蘆，端正好等。宮天挺（生卒未詳）大名開州人。他的代表作是范張雞黍。此劇氣魄頗大，如混江龍，油葫蘆，天下樂，寄生草等，較關曲似乎還要悲壯雄肆些。與王實甫白樸等接者四人——張壽卿，費唐臣，李好古及曾瑞。張壽卿（生卒未詳）東平人。其劇有紅梨花。此劇的情節頗近關漢卿的謝天香，而作風則近王實甫。如點絳唇，混江龍等寫謝金蓮夜至花園的情景，頗似西廂記第三本新水令與駐馬聽諸曲。費唐臣（生卒未詳）大都人。其劇存赤壁賦。此劇的風格華美而放逸，如小桃紅與第一折的尾聲等與王白均有相類處。李好古（生卒未詳）保定人。其劇張生煮海辭句很華美藻麗，亦有摹擬西廂記處，如那吒令，鵲踏枝，寄生草等曲。曾瑞（生卒未詳）字瑞卿，大興人。其劇留鞋記的第一折與第二折均有不少「雅艷」婉媚的曲子，如點絳唇，倘秀才，滾綉球等，與馬致遠接近者二人——李壽卿及范康。李壽卿（生卒未詳）太原人。他的度柳翠不但題材近馬劇，其曲如賞花時，寄生草，金盞兒等也都很清俊。范康（生卒未詳）字子安，杭州人。其竹葉舟敍呂岩度陳季卿事，作風亦與馬致遠的岳陽樓相近，如寄生草，新水令，駐馬聽等都是明證。最後我們敍述那位善寫神怪而作風又是多方面的吳昌齡。吳昌齡（生卒未詳）西京人。唐三藏西天取經記（卽西遊記）可以說是他的代表作。牠從玄奘的父母赴任遇難敍起，直敍到玄奘從『西天』取經回來，全劇凡六卷，二十四折，比王實甫的西廂記還要長些。在這二十餘折中有很痛沉的，有很滑稽的，有很哀婉的，有很秀美的，如第一卷的粉蝶兒，醉春風，混江龍，第二卷的一緺兒麻，新水令，第四卷的滾綉球等，皆可供我們的參考。故在元劇中，西遊記是本值得注意的戲劇，那是無庸置疑的。

關於元代的雜劇，我們以上述的十八人爲代表。這十八人中屬於十三世紀的凡十三人（關，王，馬，白，楊，高，王，武，張，李，李，吳，費等），屬十四世紀的五人（喬，鄭，宮，曾，范等）；屬於北方者十七人（關，王，馬，白等），屬於南方者一人（范）。雜劇在元代是『虎頭蛇尾』，北盛南微，這是不可否認的事實。

雜劇入明後，曾發生了個劇烈的變化。這個變化是很普遍的，舉凡明雜劇的題材，體製，辭句等，無不接受牠的影響。約言之，雜劇在元人手裏是很通俗的，到明嘉靖以降，便變成文人所專有的文藝了；而且元雜劇的規律是很整嚴的，明代中年後便很少人遵守這些規律了。明雜劇的一般的情形大略如是，至其作家與作品則於後面兩節中申述：

同對於元劇家一樣，我們先敍幾位較重要的作者。朱有燉（？—1452）字誠齋，周定王橚長子，洪熙元年襲封爲周王。他爲人博學善書，尤工詞曲，所著有誠齋錄，誠齋新錄，誠齋樂府等。景泰時卒，諡憲。在明代早年的劇家中，他當算個重要的人物。他的雜劇不獨傳播頗廣，而且數量極多，也是園書目載其雜劇至三十種，現存而易見者還有天香圃牡丹品，十美人慶賞牡丹園，團紅葉從良烟花夢，瑤池會八仙慶壽，惠禪師三度小桃紅，摘搜判官喬斷鬼，豹子和尚自還俗，甄月娥春風慶朔堂，美姻緣風月桃源景，宜平巷劉金兒復落娼，福祿壽仙官慶會，神后山秋獮得騶虞，黑旋風仗義疎財，小天香半夜朝元，張天師明斷辰鉤月，李妙清花裏悟眞如，洛陽風月牡丹仙，李亞仙花酒曲江池，清河縣繼母大賢，趙貞姬身後團圓夢，劉盼春守志香囊怨，紫陽仙三度常椿壽，羣仙慶壽蟠桃會，孟浩然踏雪尋梅等。對於這些作品，我們有三點可言。一，因爲作者是位遭世隆平的藩王，故這些作品中，頗有些慶祝讌賞之作，如牡丹品，八仙慶壽，蟠桃會等皆是。二，牠們的風格雖多豐腴華艷，逼近「二甫」者，而其爽辣奇麗處，如團圓夢的賀新郎與草池春，繼母大賢的一枝花與採茶歌，喬斷鬼的叨叨令等亦有關（漢卿）王（仲文）諸人風範。三，這些作品的體製與風格雖均近元劇，但如牡丹園第一折，數人同唱，又於一劇中兩用楔子，這些地方都是很奇特的。徐渭（1521—1593）字文長，號靑藤道士，天池山人，又別署田水月，山陰人。明諸生，天才俊逸，詩文書畫咸工。胡宗憲督師浙江，招他入幕府，宗憲被殺，他懼禍發狂。後以殺其繼室，坐罪論死，張元忭力救，始免。卒年七十餘。他的雜劇凡四種：漁陽弄，翠鄉夢，雌木蘭，女狀元，而總名曰四聲猿。因爲作者是個卓犖豪邁的人，故其作風也是雄肆而俊爽。如漁陽弄的混江龍與油葫蘆，翠鄉夢的江兒水與收江南，雌木蘭的寄生草與六么序等，無論牠寫的是狂士，是和尙，是女英雄，但都能使讀者眉色飛舞，論者至稱爲「天地間一種奇絕文字」。袁宏道稱他的詩如嗔，如笑，如水鳴峽，如種出土，其實他的雜劇也可作如是觀。葉憲祖（生卒未詳）字美度，號六桐，又號槲園居士，餘姚人。萬歷四十七年進士。官工部主事，坐建魏忠賢生祠不肯督工削籍，後起爲廣西按察使。他的雜劇凡九種：易水寒，北邙說法，團花鳳，天桃紈扇，碧蓮繡符，丹桂鈿合，素梅玉蟾，金翠寒衣記，灌將軍使酒罵座記。就其體製上論，這九種雜劇約可分爲兩類。一類是與元劇絕異的，如天桃紈扇與碧蓮繡符等；一類是與元劇極近的，如寒衣記與罵座記等。前者的作風多細膩纏綿，而時失於平庸，其例有天桃紈扇的掛眞兒與鵲橋仙，碧蓮繡符的新水令與集賢賓，丹桂鈿合的金蕉葉與錦纏道等曲。後者的作風多質素高爽，寫人處每虎虎有生氣，其例有寒衣記的雁兒落，罵座記的滾繡毬與醉太平二煞等曲。若就各劇的優劣論，這九種雜劇中，當以易水寒，罵座記與北邙說法爲最。沈自徵（1595？—1645？）字君庸，吳江人。少負奇才，而豪邁不羈，好兵家言。崇禎初，遊副使張椿幕，爲椿計復遵永。後客北京爲楓臣說袁崇煥。崇禎中，攜鉅貲南歸，置田宅於蘇州。尋念母早喪，未嘗受他的奉養，遂取所置田宅付釋氏資母冥福。崇禎末，有人薦他於朝，以賢良方正辟，辭不就。後卒於吳江西鄉。關於雜劇，他的作品有漁陽三弄。這個總名中包括着三種短劇：灞亭秋，鞭歌伎，簪花髻。這三劇的題材都是落拓不遇的才人，其作風則雄肆而爽麗。如灞亭秋的混江龍與青歌兒，簪花髻的滾綉毬，鞭歌伎的撥不斷等。雖然牠們的辭句中有時不免用些典故，但其龍騰虎擲，風起雲湧的氣概絕不為之減色。又如鞭歌伎的新水令，簪花髻的端正好與伴讀書等，這些無關重要的寫景文字也都精美異常。鄒漪作沈文學傳拿他與徐渭並論，是的，在明代雜劇作家中，除徐渭外還有誰可與他並駕齊驅呢？孟稱舜（生卒未詳）字子若，又字子塞，山陰人，崇禎時諸生。他的雜劇有人面桃花，英雄成敗，死裏逃生，紅顏少年等，但現存而易見只有前三者。在這三種作品中，我們可以看出作者的超越的天才，他既能寫悲壯慷慨，淋漓盡致的英雄成敗，又能寫清麗婉媚，哀艷欲絕的人面桃花，甚且融合悲壯與清麗來寫那情節奇險的死裏逃生。如英雄成敗的塞鴻秋與混江龍，人面桃花的駐馬聽與上小樓，死裏逃生的番十算與山坡羊等，都是風格絕殊而各臻佳妙的例子。

至於次要的作家，我們敍述王九思等十人。王九思的事蹟與散曲已詳。他的雜劇杜子美沽酒遊春（卽曲江春），蒼莽雄肆，頗具元人規模。就中寄生草罵李林甫最稱痛快，耍孩兒與四煞寫雨景亦復眞切爽麗。康海的事蹟與散曲也述過了。同王九思一樣，他的雜劇東郭先生誤救中山狼也以蒼莽雄肆勝，如混江龍與新水令等皆可與王曲媲美。馮惟敏的事蹟與散曲均見上文。無論在散曲上抑劇曲上，他與王康均屬同派。其雜劇梁狀元不伏老的後庭花與逍遙樂均似曲江春或中山狼中曲。汪道昆（生卒未詳）字伯玉，號南溟，歙縣人。所作雜劇有楚襄王陽台入夢，陶朱公五湖泛舟，張京兆戲作遠山，陳思王悲生洛水。他這些雜劇不獨體製與元劇異，其曲和白也很典雅工緻，與元劇所用者不同。如楚襄王陽台入夢的香羅帶與陳思王悲生洛水的白皆可爲例。所以我們讀王劇時常嫌牠們過於凝重，雖然其中也有不少警策者，如陳思王悲生洛水的步步嬌等。王衡（1564—1607）字辰玉，太倉人。王劇之現存者當以眞傀儡爲最。牠雖是一折的短劇，而寓意頗深，其作風亦質素軒爽。如新水令，掛玉鈎，得勝令等都是很好的曲子。陳與郊（生卒未詳）字廣野，號玉陽仙史，海寧人。盛明雜劇載他的雜劇三種，昭君出塞，文姬入塞，袁氏義犬。這些作品的風格都頗俊爽，文姬入塞寫蔡琰且悲且喜的心理尤爲深刻。如紅衲襖，寺衲襖，二郎神慢，鶯集御林春等曲不獨宛轉流利，如珠走盤，其寫情處直『沁人心脾』。凌濛初（生卒未詳）字初成，號即空觀主人，吳興人。在他的雜劇中，虬髯翁要算個巨擘。此劇的體製頗近元劇，作風也頗『本色』。就中如混江龍，天下樂，耍孩兒等皆蒼莽雄肆。故論者說他的雜劇在元劇中不讓關王馬，在明劇中可以『伯仲周藩』。徐陽輝（生卒未詳）字玄輝，鄞縣人。他的有情癡與脫囊穎二劇皆具元人蒼莽高爽之致，脫囊穎尤爲生動，如滿江紅，刮地風等都有睥睨一切的氣概。徐翽（生卒未詳）字三有，號野君，仁和人。據杭郡詩輯說他的雜劇有六十餘種。但現存者只有春波影，絡冰絲二種。此二劇的體製雖然不同，而其作風則同樣的清麗宛轉。如絡冰絲的新水令，春波影的紫花兒序，滿庭芳，耍孩兒，四煞等曲都能將那多愁多病多才多情的男女很生動的表現出來。來集之（生卒未詳）字元成，蕭山人。其作品之現存而易見者有女紅紗，碧紗籠，挑燈劇三種。就中『兩紗』是抒寫憤慨的，故時不免謾罵與詛咒。挑燈劇則是本雋永纏綿的短劇，如十二紅與尾聲描摹小青讀牡丹亭時的情致，確可稱爲『絕妙好辭』。

統觀以上所述的十五家，我們可得到兩種暗示：一，就地域上論，明代的劇家多是南方人；二，就時代上論，明代的劇家多是明中葉以後的人。雜劇在明，處處呈現着與元代相反的趨勢，固不僅作品的本身一俗一雅，一樸一華而已。

第十五講終

第十六講　明清傳奇

雜劇與傳奇雖都導源於宋，但牠們進展的遲速却彼此不同，故前者的主要時代在元明，後者的主要時代則在明清。雜劇的概況已詳，茲略述傳奇的作家與作品。

*　*　*　*　*

傳奇在明代，可分三個時期。第一期是明初，第二期約始於嘉靖訖於萬歷中年，第三期則由萬歷中年直到明亡。

在第一期的作家中，我們敍述琵琶記與「荊劉拜殺」的作者——高明，徐㽦，朱權等。

高明（1310？—1380？）字則誠，溫州瑞安人。以春秋中至正五年進士，授處州錄事，改調浙東閫幕都事，轉江西行臺掾，又轉福建行省都事。方國珍就撫後，欲留他於幕下，他不從，即日辭官，客居鄞櫟社，以詞曲自遣。洪武中，明太祖聞其名，召之，他以心疾辭，卒於寧海。他的琵琶記是本與西廂記齊名的戲劇。其中曲子有以清麗見長的，有以『本色』見長的。屬於前者的例子如中秋賞月，琴訴荷池等，屬於後者的例子如糟糠自厭，代嘗湯藥等。但二者相較，則後者尤勝。因爲前者只能供我們愛玩，後者却使我們感動；前者還有辭藻可依仗，後者竟是『白戰』。相傳高明作琵琶記，寫到糟糠自厭時，案上二燭光交爲一，這種傳說雖屬誕妄，但由此可知此齣爲一篇的警策了。

在『荊劉拜殺』的作者中，年代較早且從無人對他發生疑問的要算徐畛了。徐畛（生卒未詳）字仲由，淳安人。洪武初徵秀才，至藩省，辭歸。他與高明雖都是元末明初的作者，而他的殺狗記都與高的琵琶記作風絕異。琵琶記雖以本色見長，然不廢藻飾，殺狗記則自首至尾幾乎無一曲無一白不是樸拙的。如齊八行譜的朱奴兒，月眞買狗的錦纏道，夫婦叩窰的四邊靜等均可代表牠的樸拙的作風。拜月亭的作者相傳是施惠。但錄鬼簿記施惠事，並未提到他的拜月亭。故王國維疑拜月亭不出施手，我們現在也將牠歸之於無名氏。此劇的作風可以說是介在高徐二家間的。牠不似琵琶記那樣尙藻飾，也不似殺狗記那樣一味樸拙。其精采處如母子避難，踏折鸞鳳，幽懷密訴等齣，或寫逃難者的顚沛流離，或寫夫妻被壓迫而分離的慘狀，或寫閨房女伴宛轉密語，都眞切生動，可與琵琶記糟糠自厭等媲美。白兎記的作者也是位無名氏。牠敍的是劉智遠的故事，如挨磨，送子等寫三娘的苦況都頗能動人。至全劇的作風則與殺狗記最近，如訪友的梧葉兒與留莊的七娘子等並可爲例。荊釵記是朱權作的。朱權(1375？—1449)號臞仙，涵虛子，丹丘先生，是明太祖第十六子。封寧王，初國大寧，後改南昌。性好宏奬風流，喜刊布書籍祕本。所著有漢唐祕史等，卒諡獻。他的荊釵記頗有倣效琵琶記的地方，但他的成績却不甚好。如祭江與誤計等，在荊釵記中都算是最精采的部分，而去琵琶記的糟糠自厭還很遠。此外則琵琶記的清麗處，如中秋賞月等，也是朱作所未能企及的。

在第二期的作者中，我們敍述五位——梁辰魚，張鳳翼，鄭若庸，薛近兗，梅鼎祚。

梁辰魚的事蹟與散曲已詳，現在只論他的傳奇浣沙記。此劇敍吳越興亡的故事，而以范蠡西施的悲歡離合做前後關連的線索。牠的作風頗爲典雅華贍，就中放歸，採蓮，泛湖等情辭尤稱完美。辭采而外，還有件我們應注意的，便是作者能首先采用『流麗悠遠』的崑腔。如果我們曉得崑腔對於明傳奇的進展有如何重大的影響，我們便可曉得牠在明傳奇中應該占個甚麼樣的地位了。

與梁辰魚相先後的作者是張，鄭，薛，梅。張鳳翼的事蹟與散曲也詳上文。在傳奇方面，他的作品凡六種，而以紅拂記爲最。此劇取材於虬髯客傳，其中有穠妍者，有哀婉者，有雄肆者，如功圓的二犯傍妝台，閨憶的霜天曉角，棋決的高陽台引，逃海的折桂令等，皆其例。鄭若庸（生卒未詳）字中伯，號虛舟，崑山人。少以詩名吳下。趙康王聞其名，使人持幣聘他入鄴，客王父子間。趙王卒，他去趙居清源，卒年八十餘。他的玉玦記雖以王商與秦慶娘爲中心人物，而其目的實在暴露『勾闌』中的罪惡。如入院，改名，商嫖等齣，寫妓女的無情，老鴇的狠毒，都深刻異常。至全劇的作風却是很工麗的。薛近兗（生卒未詳）事蹟無考，以所作繡襦記得名。繡襦記是部與玉玦記相反而工力悉敵的傳奇。牠的作風樸素而流利，如襦護郎寒，剔目勸學，都是很完美的文字，餘若追奠亡辰，姨鴇誇機等亦佳。梅鼎祚（生卒未詳）字禹金，宣城人。篤好古學，棄『舉子業』。有人欲薦他於朝，辭不赴。著述頗富，有梅禹金集，歷代文紀，玉合記等。玉合記的作風極穠麗，如懷香與義姤等齣，均似以晏（幾道）賀（鑄）詞組織成的。但他不能於穠麗中寓以俊爽，故雖『科白安雅，結構緊嚴』，而時不免受人指摘。

在第三期的作者中，我們提出六人來講。這六人是：湯顯祖，沈璟，范文若，李玉，阮大鋮，吳炳。

湯顯祖（1550—1617）字義仍，號若士，臨川人。萬歷初舉進士，官禮部主事。後以言事謫徐聞典史，尋遷遂昌知縣。萬歷中，投劾歸，不復出，里居二十餘年而卒。他爲人志意激昂，風節遒勁，在朝既能直言，出官亦有德政，只因爲執政所抑，遂窮老而死。他的傳奇凡四種——紫釵記，還魂記，南柯記，邯鄲記——世所謂臨川四夢者是。四夢中紫釵記，邯鄲記，南柯記，並取材於唐人小說，只還魂記出於臆造，而價值也最高。從來作曲的人，能『本色』者多失之樸拙，工麗詞者多失之『垛』『陳』，只有湯曲，穠艷工麗處似玉溪詩和夢窗詞，俊爽質素處也有關馬之風。如還魂記的驚夢，尋夢，寫眞，冥誓，冥判，紫釵記的折柳，邊愁，邯鄲記的生寤等齣，意旣新穎，辭亦雋美，不獨常使讀者爲之迴腸蕩氣，眉色飛舞，且可令古今才人學人都向之頫首。故我們讀了臨川四夢，便曉得明傳奇的黃金時代來到了，雖然牠們在音律上不免有點缺陷。

沈璟是與湯顯祖同時而對峙的作者，其事蹟與散曲已詳上文。他作的傳奇頗多，有紅蕖，分錢，埋劍，十孝，雙魚，合衫，義俠，分柑，鶯衾，桃符，珠串，奇節，鑿井，四異，結髮，墜釵，博笑等十七種，現存而易見者只義俠記與埋劍記。義俠記的作風質樸異常，如叱邪與萌奸等便可爲其代表。埋劍記與之近，但較牠爲完美。如居廬，痛悼，埋劍諸齣寫吳延季哭父母，郭仲翔哭朋友，均剴切動人。論者說他的紅蕖記『足繼高施』，其實埋劍記的居廬等頗有拜月亭的驀拆鸞凰及琵琶記的代嘗湯藥的味兒。總之，沈璟對於明曲的貢獻在音律而不在文字，故他的散曲與劇曲都不能列在上品。

范，李，阮，吳，是繼湯沈而起的明末曲家。范文若（1580？—1640？）字香令，號荀鴨，自稱吳儂，松江人。萬歷末舉進士，曾官『駕部』。所作傳奇有『鴛鴦花夢』（鴛鴦棒，花筵賺，夢花酣）勘皮靴，生死夫妻，花眉旦，雌雄旦，金明池，歡喜冤家，鬧樊樓，金鳳釵，晚香亭，綠衣人等十餘種。他的作風輕麗俊爽，頗似湯顯祖，而夢花酣的『幽奇冷艷』尤近湯的還魂記。如夢花酣的玉芙蓉，普天樂（均第四齣），排歌（第十一齣），花筵賺的駐馬泣（第四齣）牧羊關（第廿二齣）等皆可代表他這種作風。李玉（1580？—1650？）字玄玉，號蘇門嘯侶，吳縣人。為人博學好古，以『連厄於有司』只『中副車』，明亡後絕意進仕，以作曲自娛。所作傳奇至夥，有『一人永占』（一捧雪，人獸關，永團圓，占花魁）及眉山秀等三十餘種。他喜寫人情事故，作風則以悲壯慷慨見長。如一捧雪的婁昉，代戮，祭姬等皆其證。故以元劇家爲喻，李玉頗似雜劇中的關漢卿。阮大鋮(1580？—1645？)字圓海，號百子山樵，懷寧人。萬歷末進士。天啓時，官給事中，與魏忠賢鈎結。崇禎時以名列逆案，坐廢。福王立，復官兵部尚書。後降淸，死於仙霞嶺。所作傳奇有燕子箋，春燈謎，雙金榜，牟尼合等。他是位被許爲『深得玉茗之神』的作者，燕子箋尤爲『新艷』。如寫像，寫箋，閨憶等，描摹閨閣情事，皆宛轉曲折，秀麗募儁。吳炳(1585？—1648？)字石渠，號粲花主人，宜興人，萬歷末進士，歷官至江西督學。永歷帝監國，官吏部尚書，東閣大學士。後爲孔有德所執，不食死。他少時卽喜作曲，所作傳奇有綠牡丹，畫中人，療妬羹，西園記，情郵記五種。在這五種中，療妬羹，情郵記尤高。如情郵記的補和，追車，療妬羹的題曲，訣語等都可當得『雅而不巧，腴而不艷』的評語，至其纏綿宛轉處，較之還魂記的尋夢也不多讓。

總合上述三期觀之，我們可以得這樣一個結論：第一期的作風多尚樸質，第二期的作風多尚典麗，至於第三期的作風，則麗而不失於膩澀，質而不失於粗鄙，王驥德所謂『淺深濃淡雅俗之間』者是。『這是明傳奇的黃金時代』，寫文學史的人寫到明末的傳奇時應該這樣寫着。

* * * * *

清傳奇演進的情形與明不同。明傳奇的黃金時代在末葉，清傳奇的黃金時代則在其初年。原來明清之際是傳奇的盛年，過此便日趨衰老了。對於這由盛而衰的情況，我們也分三期來講：

我們先論清初的傳奇。關於此時的傳奇，我們選敍五家——孔尚任，洪昇，吳偉業，尤侗，李漁。

孔尚任(1648—1715？)字季重，號東塘，岸堂，云亭山人，山東曲阜人。少讀書石門山中。清聖祖東巡，至魯謁孔林，他以應對稱旨，被擢爲國子監博士。此後由國子監而戶部主事，而工部員外郎，前後凡十五年，即辭官歸。他的著作有湖海樓集，孔子世家譜，出山異數記等，而使他不朽的却是劇曲桃花扇。桃花扇是部精心結撰在清傳奇中有特殊地位的作品。就體製上論，牠的特點有二。一，牠是種純粹的歷史劇，所敍諸事多能『細按年月，確考時地』，作信史觀，清劇家喜徵實的風氣蓋始於此。二，牠以修眞，入道，餘韵諸齣收束全劇，不獨破除了生旦團圓的舊例，且極耐人尋味。就其文辭論，也自有過人處。如傳歌，題畫，誓師，投江，餘韵諸齣，或華美，或悲壯，或沈痛，無論牠寫的是忠臣義士，是奸慝貞婦，是兒女柔情，是國家興亡，無不繪影繪聲，曲盡其妙。

與孔尙任齊名的是洪昇。洪昇（1650？—1704）字昉思，號稗畦居士，錢塘人。康熙時爲「上舍生」。工樂府，名滿京洛。後因國喪時演所著長生殿斥革，窮困墮水死，所作傳奇有長生殿，鬧高唐，節孝坊等。長生殿是與桃花扇齊名的劇曲。牠雖然不似桃花扇那樣徵實，如冥追，神訴，慫合諸齣皆鑿空附會，未免荒誕，但就其文辭論，則「頑艷淒麗」，語語精粹。如春睡，疑讖，夜怨，驚變，埋玉，尸解，彈詞等都可以遠追玉茗，近抗東塘。至其音律的完美，孔曲對之直要退避三舍，故歷來論曲的人，喜徵實者尊孔，重音律者祖洪。清代的孔洪，就同唐代的李杜韓柳一樣，其高下是不易判定的。

吳偉業（1609—1671）字駿公，一字梅村，太倉人。崇禎時進士，官至少參事。入清後，官國子祭酒，所作傳奇有秣陵春。他的詩本以華艷悲涼勝，其劇曲的作風亦近是。如秣陵春話玉的三學士，末折的集賢賓，其寄慨興亡，沈鬱感愴處，直似庾信的哀江南賦。尤侗（1618—1704）字同人，一字展成，號西庵，艮齋，西堂老人，長洲人，初以鄉貢除永平推官，尋坐事降調。康熙中召試鴻博，授檢討，歷官侍講。他於傳奇有鈞天樂。此劇與其雜劇弔琵琶，讀離騷等都是用以抒寫憤慨的，故其作風也極激昂慷慨，有銅琶鐵板之風。如哭廟的四門子，歇哭的金絡索等，其『牢落不偶之態』均『見於楮墨之外』。李漁（生卒未詳）字笠翁，錢塘人。曾爲官家書史，康熙時流寓金陵，著一家言。他的傳奇凡十五種，卽奈何天，風箏誤，玉搔頭等。這十餘種曲與前述的二家均異。牠們的特點是清暢流利，善寫人情世故，而時欠莊重，如風箏誤的鬧閧，驚醜，婚鬧，愼鸞交的論心，待旦等並可爲代表。

次論清中葉的傳奇。此時的作者當以蔣士銓，夏綸，董榕三人爲重要，茲略述之：

蔣士銓(1725—1784)字心餘，又字苕生，號清容，江西鉛山人，乾隆時舉進士，官編修。在官八年。乞歸養母，歷主蕺山，崇文，安定等書院。母服除，入都，以御史用，旋患風痺逝南昌，卒年六十。在劇曲方面，他的著作凡十餘種，其屬於傳奇的是雪中人，香祖樓，臨川夢，桂林霜，冬青樹，空谷香等。在這些作品中，最足以代表他的作風的應是桂林霜與空谷香。桂林霜譜馬雄鎮及其家屬死難廣西事，作風雄肆而悲壯。如遺迺，再遣，釋帖，完忠，烈殉等齣寫馬雄鎮的慷慨就死，馬夫人及子婦等的從容殉難，以及母子夫妻生離的悲哀，無不生氣勃勃，空谷香譜顧瓚園妾姚氏事，作風清麗而哀婉。如飲刃，誓佛，店縊，護襯，旅婚，香園等齣，讀起來都如幽蘭泣露，游絲漾風。餘如香祖樓近空谷香，冬青樹近桂林霜，這些，這些，我們都不一一論列了。

夏綸(1679？—1755？)字惺齋，錢塘人。行事無考。他的傳奇凡六種，無瑕璧，杏花村，瑞筠圖，南陽樂，廣寒梯，花萼吟。論者對於夏曲每譏其『頭巾氣太重』，其實牠敷寫忠臣孝子節婦，貞女的至性奇節，也往往『事切情眞，可歌可泣』。如南陽樂的禳星，江奠，瑞筠圖的西市等皆然。董榕(1710？—？)字恆岩，號謙山，又號繁露樓居士，道州人。曾官九江知府，他的芝龕記也是種頗徵實的歷史劇(參閱芝龕記凡例)，譜明季萬歷，天啓，崇禎三朝的史事，而以秦良玉與沈雲英爲綱。牠的作風是穠麗蒼涼，如雙憶，翰通，題閣，江還，弔藩等，爲例頗多。其所以不及桃花扇處是：一，不善剪裁，故常失於蕪雜，二，能穠麗不能俊爽，故每流於膩澀。

清中葉而後，傳奇作家頗少可述者，玆取黃憲淸，楊恩壽二人來點綴此冷落的場面。

黃憲淸(1805？—1865？)一名燮淸，字韻珊，號吟香詩舫主人，海鹽人。道光時舉人，官宜都，松滋知縣。所作傳奇有茂陵絃，帝女花，脊令原，桃谿雪，居官鑑，玉台秋等。帝女花與桃溪雪是黃曲中的傑作。前者譜長平公主事，取材於吳偉業詩；後者譜吳宗愛事，取材於黃安濤傳。兩劇的作風皆哀感頑艷，有孔洪風，而細加分析，則前者多『故國之感』，後者設色較爲濃麗。如帝女花的割慈，哭墓，香夭，魂遊，桃溪雪的追和，墜崖，收骨，弔烈等齣都可爲前說之證。梁廷枏論桃花扇，說牠艷處似臨風桃蕊，哀處似帶雨梨花，若以此語來論黃曲，則桃溪雪似桃，帝女花似梨。

楊恩壽(1830？—？)字蓬海，號蓬道人，長沙人。少有大志，而連蹇不遇。與修湖南省志，旋以不合去。遊幕武陵諸地，時以作曲自遣。在咸同以降的傳奇作者中，他應算較重要的一個，雖然有人說他『昧厥源流』。所作傳奇有麻灘驛，桃花源，姽嫿封，桂枝香，再來人，理靈坡等，而麻灘驛爲最。此劇的作風頗似黃憲清的桃溪雪，如奪屍，辭官，赴水等，皆其精警處。

傳奇在清代雖是始盛終衰，但清傳奇也自有其特異處。此時的傳奇多喜徵實，多喜寫「滄桑之感」，甚且給傳奇加上種重大的使命——有稗於風化。統之而言，傳奇到清代，作者的態度多是莊重的。但在這莊重的態度中，傳奇的生命悄然結束了。時至今日雖還有人在創作這類的作品，但在文學史上這些作品都是沒有地位的。

第十六講終

第十七講　明清平話

自『小說』碾玉觀音等產生後，後代作家倣效之者頗多，於是在短篇小說的領域裏，於傳奇外，添了種新體製——平話。傳奇本以唐人所作爲最盛，其在近代雖也產了幾部負盛名的書，但不甚重要；故我們現在以平話代表近代的短篇小說，而略述之於此。

* * * * *

平話的演進似與戲劇中的傳奇是並行的，牠也是始於宋，盛於明清之際，清中葉以降便衰歇了。但牠的作者多是些無名氏，其作品也多見於選本中，故我們以下所述，一以書爲綱，而其升降盛衰之迹，亦可於此得其一二：

（1）清平山堂所刻話本。——這是部最早（?）的平話總集，約刊於嘉靖年間。刊行牠的是洪楩。但現在所存的實是種殘本，所以牠的卷數與原名都不可考見，所謂『淸平山堂所刻話本』者，也是近人替牠加的名字。在這部殘缺的平話總集內，保存着宋元明三代的短篇小說十五種。其較晚的是陰騭積善與張子房慕道記等。

（2）萬曆板話本小說四種。——這部平話總集，『或爲一叢書之分册』，就其插圖看應是萬曆時刊行的。刊行牠的疑是熊龍峯。至其作品的年代，早者或在宋元間，如蘇長公章台柳傳，晚者當在弘治正德間，如孔淑芳雙魚墜傳。

（3）三言。——所謂三言者卽喩世明言，警世通言，醒世恆言三部平話總集的總稱。喩世明言凡四十卷，其作品的年代則跨越着宋元明三朝。其中有證據使我們相信牠是明代的作品的，有滕大尹鬼斷家私與沈小霞相會出師表等十餘種。餘如吳保安棄家贖友等十餘種則不知爲元人作抑明人作，但都應歸之宋以後。警世通言也是四十卷，性質與明言類。如杜十娘怒沉百寶箱與玉堂春落難逢夫等十餘種皆明人作品。醒世恆言是繼明言與通言而起的，其中明人作品特多，如賣油郎獨占花魁與張淑兒智脫楊生等等都可供我們研究明平話之用。這三部平話總集皆刊行於明天啓時。通言刊行於天啓四年，恆言刊行於天啓七年，明言的刊行還在通言之前，疑是天啓元年。這三部平話總集都是馮夢龍編纂的。馮夢龍的事蹟已詳，對於小說和戲劇，他的貢獻都很大。在小說方面，除編纂三言外，還增補過平妖傳等書。

（4）兩拍。——所謂兩拍者是拍案驚奇與拍案驚奇二刻。拍案驚奇三十六卷，拍案驚奇二刻凡三十九卷，前者刊於天啓七年，後者刊於崇禎五年。兩拍的性質與三言頗異。三言是平話總集，兩拍却是平話專集。平話之有專集似應自此始。這兩部專集的作者是淩濛初。他在明代文學中的地位與馮夢龍類，小說外兼工戲劇。至其事蹟已詳上文雜劇中，故不贅敍。

（5）今古奇觀。——三言兩拍行世後，有抱甕老人者以其卷帙浩繁，不便觀覽，因選刻四十種，名曰今古奇觀。其中取自喻世明言者八種，警世通言者十種，醒世恆言者十一種，拍案驚奇者七種，拍案驚奇二刻者三種；餘一種不詳所出，以意推度，或者取自足本的兩拍。（據拍案驚奇二刻的序，兩拍合計應有小說八十種，今存者只七十五種，可知其非足本。）

（6）醉醒石。——此書約刊於崇禎順治間，凡十五回，載平話十五種。編輯者是東魯古狂生。

（7）西湖二集。——此書也刊於崇禎順治間，凡三十四卷，題「武林濟川子清原甫纂」。清原姓周，武林人，明末諸生，嘗作西湖說，餘無考。此書的體製特異，所敍事雖不限時代，而必與西湖有關；且喜用「引子」，「或多至三四」。

（8）石點頭。——石點頭與醉醒石和西湖二集時代相同，皆明清間刊物。所載小說凡十四種，作者是天然癡叟。天然癡叟號浪仙，偶夢龍友，餘未詳。

（9）十二樓。——十二樓又名覺世名言第一種，清李漁作。李漁事蹟已詳，不重敍。此書的體製亦特異，全書共有十二種小說，每種的名目中皆有「樓」字；且一種小說常分爲數回。

（10）西湖佳話。——全書十六卷，載小說十六種。編者墨浪子，康熙時，吳人。牠與西湖二集徵近，所敍者都是與西湖有關係（尤其是西湖的名勝）的事跡。

（11）娛目醒心編。——全書十六卷，卷一書事，作者是草亭老人。草亭老人，姓名不詳，疑爲江西玉山人。老不得志，因著此書。牠的體製與十二樓近，每種小說大都分爲數回。

（12）今古奇聞。——此書刊行於清光緒時，凡二十二卷。據王寅的序說，是他從日本得來的，未知然否。今以醒世恆言與娛目醒心編等和牠對校，因牠原是這幾種書的選本。

宋以後平話集之較重要者略如上述，現在再就牠們的藝術方面提出幾點來討論。一，這些作品的題材雖不免有些可驚可愕出人意表的，但其敍事寫人處却親切而自然。如滕大尹鬼斷家私（喻世明言）寫滕善繼夫婦霸佔家產的心理，穆瓊姐錯認有情郎（醉醒石）寫穆瓊姐應付各種嫖客的手段，都是『不務妝點』而入情入理。二，在這些作品中，常映着當時的社會情況。如金玉奴棒打薄情郎（今古奇觀）敍及明代的丐頭制度卽其一例。江東老蟫說，『大凡小說之作，可以見當時之制度，可以覘風俗之厚薄」，這段話並非無因而發。三，猥褻的描寫似乎是明代作者所不避諱的。如喬太守亂點鴛鴦譜（醒世恆言）與酒下酒趙尼媼迷花（拍案驚奇）等皆然。四，明末與清代的作者多歡喜「垂教訓」。如救窮途名顯當官（醉醒石）與士無行貪財甘居下賤（今古奇聞）等，不勝枚舉。

* * * * *

平話到清中葉以後便衰竭了。這種不景氣的現象，正表示着舊者精華已竭，新者將應運代興，偉大的新時代快來到了。

第十七講終

第十八講　明清章回小說

近代的短篇小說，已詳上文。但我們須知，在近代小說中，其價值之高，影響之大，長篇尤甚於短篇。現在我們專敘長篇的章回小說，上起十四世紀，下迄十九世紀。

* * * * *

明代長篇小說之重要者有四：一是水滸傳，二是三國志演義，三是西遊記，四是金瓶梅。

水滸傳是章回小說中之較早的。牠的故事的起源，版本的流變，近人研治者頗多，殊非一二語所可了。大概宋元之際，民間流行的有梁山濼，太行山，方臘等等故事，寫成短篇的文字，如智取生辰綱之類。到元明之際，始有人合成長篇的小說，然而異常拙劣。後來不斷的有人增改或刪削，成各種不同的較佳的本子。書中不但有羅貫中或施耐庵的成分，並且有汪道昆或楊定見的成分，故我們不能指定誰是水滸傳的作者。現在國內易得的本子是這三種：一是百二十回本忠義水滸傳（商務館排印本，有胡適長序），二是百回本忠義水滸傳（北平李氏排印本，有李玄伯長序），三是七十一回本水滸傳（即金聖嘆本）。此外還有百十回本，百十五回本，百二十四回本，均不易見。如只就文學的技術看來，金聖嘆本似最有精采。在章回小說中，可列入第一流。

與水滸傳同時的，是三國志演義。三分的故事，自唐宋以來，流傳於民間者已數百年。這種故事與梁山泊故事同樣的作為劇本或話本的材料。但宋元的關於三國的小說如三國志平話之類，今已不易見。現在所流傳的三國志演義，相傳是羅貫中作的；然而原書卻是『絕淺陋可嗤』（胡應麟莊嶽委談），今本是經過李贊(?)及毛宗崗等人修改的，此外也許還有別人的手筆，故與水滸傳同樣的不能指定誰是作者。其文學的價值，似遠遜於水滸傳，但較之其他的歷史演義，則高明得多了。

西遊記是第一部有主名的長篇小說。作者舊傳為邱處機，實為吳承恩。吳承恩（1505？—1580？）字汝忠，淮安人。嘉靖二十三年歲貢，三十九年作長興縣丞。他性敏慧，著作頗多，西遊記即其一。不過西遊記中的故事，却與水滸三國同為逐漸演進而來，並非全係作者個人的創造。玄奘是個歷史上的偉大人物，他的取經的故事在唐宋之際已被神話化，南宋時民間已有關於取經的小說，金元時又有同樣材料的劇本。明初有所謂『四遊記』者，即吳元泰的東遊記，余象斗的南遊記與北遊記，及楊志和的西遊記。這些故事匯合到吳承恩手裏，加上作自己的創造，遂成今本西遊記。牠在文學史上的地位，遠在三國之上，而可與水滸媲美最後，我們便講到金瓶梅。此書究係誰作，至今尚是一個謎。相傳作者是明嘉靖間大名士，因此便有人說是王世貞作的，然亦無佐證。內容是把水滸傳中西門慶的一段插話加以放大，描寫人情世態，又可與水滸西遊成鼎足之勢。惟文筆間涉猥褻，頗爲一部分的讀者所呵斥；但我們所看了晚明的短篇小說，便知肉感的描寫乃是那時的風尙，不能獨責金瓶梅；其在明小說中的地位，亦不因而有損的。

此四書外，明代長篇小說之較知名者，還有隋唐志傳，平妖傳，封神傳，玉嬌李，玉嬌梨，平山冷燕，好逑傳等，雖亦風行一時，且有外國譯本，然在文學史上實不領佔重要地位，故不贅。

* * * * *

現在我們講清代。明代小說大半無主名，清代小說則大半有主名。在清代的作家中，我們選出下列八位：一是吳敬梓，二是曹霑，三是李汝珍，四是文康，五是石玉崑，六是劉鶚，七是韓邦慶，八是李寶嘉。

吳敬梓（1701—1754）字敏軒，全椒人。曾祖國對爲順治十五年探花，祖旦早卒，父霖起爲贛榆教諭。他在康熙五十九年中秀才，乾隆元年薦舉博學鴻辭，以病作罷。他性穎異，長於詩賦，而不善治生產。晚年頗潦倒，落拓縱酒，旅卒揚州。他的作品很多，而不很流傳，只有儒林外史却膾炙人口。此書共有五十五回，作於吳敬梓旅居南京時，約當雍正末年。那時的士大夫們太看重制藝了，不但學識淺陋，且一舉一動也都矯飾可笑，外史所寫的，卽以此種人爲對象。刻畫入微，而宅心公平；較之其他諷刺小說，實高出萬倍。惜全書沒有主幹，前後沒有貫串，未免大醇小疵。

曹霑（1719？—1763）字雪芹，鑲藍旗漢軍。祖寅，父頫，並爲江寧織造。清世祖南巡時，常以織造署爲行宮，曹寅接駕至四次，寅又嗜風雅，善詩詞傳奇。曹霑卽生在這種環境裏，後家道中落，霑乃貧居北京西郊，喝稀飯過日子。乾隆二十七年，子殤，他因悲成疾，尋卒。這種由富貴而貧賤的經歷，便寫成一部石頭記。石頭記是作者自敍傳，本極明顯，且有與作者同時的脂硯齋的批語可證。但一部分讀者必欲深求，拿納蘭成德或董鄂妃來比附，甚或認爲弔明斥滿之作，實距事實甚遠。此書原本僅八十回，未完而作者死；今傳之百二十回本，乃高鶚所補足。補本極多，高本最流行，但技術上還遠遜於前八十回。前八十回在章回小說中地位之高，實在是空前絕後的。

　李汝珍（1763？—1830）字松石，大興人。他博極羣書，而不喜八股；在海州從淩廷堪學，尤注意於音韵；作音鑑一書，頗爲人所推重。鏡花緣一百回，是他晚年的作品。書中以武后開科試才女爲線索，一方敍探花唐敖遠遊異國事，一方敍其女閨臣與衆才女應試事。作者過於要表顯自己的才學，且針砭世俗亦有矯飾之嫌，故不能算是第一流的作品。惟爲婦女要求平等，則爲他書所無。

文康（生卒未詳）滿洲鑲紅旗人。曾祖溫福爲工部尙書，後以陣亡賞伯爵；祖勒保爲經略大臣，封公爵；父未詳。文康以貲爲理藩院郎中，出爲郡守，升至觀察；丁憂後起爲駐藏大臣，以病未行。晚年諸子不肖，家道中落，窮愁獨處，作兒女英雄傳評話自遣，成書約在道光中（一八四〇年左右）。他的身世有類於曹霑，而其作品則與石頭記不同。石頭記是部懺悔的自敍傳，而兒女英雄傳則寫作者所希望的肖子，以慰情勝無。書中以十三妹爲主，寫她怎樣報父讎，怎樣嫁安驥；安驥以探花及第，終於位極人臣，卽作者理想中的肖子。這種理想是很可笑的，而寫十三妹的義俠尤其不自然。然因作者是旗人，旗人頗會說話，故書中對話有生動，漂亮，俏皮，詼諧的長處。

石玉崑（生卒未詳）別署問竹主人，事蹟不可考。他的三俠五義大約作於同治十年以前，後又經入迷道人的修改，於光緒五年出版；到光緒十五年，俞樾又改作了第一回，易名七俠五義。包龍圖的故事，狸貓換太子的故事，自宋元以來流行於民間者已久。這些傳說到了問竹主人及入迷道人手裏，加上十來個俠義之士的描寫，便成功這部書。較之包公案一類偵探小說固然高明得多，即較之英雄八義一類義俠小說也高出萬倍，雖然在全部小說史上不能算第一流之作。

劉鶚（1850？—1910？）字鐵雲，丹徒人。父成忠官至觀察。他少精算學，又精醫理。光緒十四年黃河決於鄭州，他治河有功。後以主張開山西礦，被稱爲漢奸。庚子之亂，北京人苦饑；時俄軍據太倉，不食米；他以賤價購粟於俄軍，以振饑困；不料反以私售倉粟獲罪，流新疆而死。他的老殘遊記成於光緒末年。書中以一個名爲老殘的人爲主，歷敍他遊行所見，而尤致力於淸官剛愎誤國的描寫。文章是好極了，可與儒林外史媲美。原書僅二十回，民國八年忽有個四十回本出現，文辭拙陋，顯爲僞託。

韓邦慶(1856—1894)字子雲，松江人。父宗文爲刑部主事。他幼卽聰穎，然屢試不售，遂淡於功名。他常旅居上海，替申報作論說。那時他與某妓女最熟，常寄居其粧閣中。他寫海上花列傳卽在此環境中。光緒十八年，出版一種小說雜志，名爲海上奇書，他的海上花列傳卽在這上邊刊登；登至二十八回，雜志停刊了，便改印單行本，共六十四回。他所描寫的以上海妓女爲主，而這些妓女大都說蘇州方言，作者要『合當時神理』，故此書卽用吳語作成。其描寫的自然而生動，實在其他寫妓女的小說之上。在吳語文學中，這是第一部傑作。

李寶嘉(1867—1906)字伯元，武進人。他以第一名入學，而累舉不第，便到上海去辦指南報，遊戲報，海上繁華報等。嘗被薦經濟特科，不赴。他沒有兒子，身後很蕭條，伶人孫菊仙爲料理喪事。他的作品頗多，而官場現形記爲最。他指摘官僚，正如吳敬梓指摘士人一樣；可惜的是作者有吳敬梓的短處，而沒有吳敬梓的長處。千篇一律的官場話柄，毫無結構地寫在一起，雖酣暢淋漓而無含蓄蘊藉之致。

清代長篇小說作家，除上述八人外，還有夏敬渠，屠紳，陳球，陳森書，魏子安，兪達，吳沃堯等，我們不必一一詳述。我們知道，十九世紀產生的長篇小說最多，然絕少第一流之作。這一點，却有待於文學革命以後。

第十八講終

第十九講　近代的散文

近代散文的新局面已詳上文，現在再將由這種新局面所造成的，宋元明清的文壇大勢與重要作者分述於後。

* * * * *

「古文」在晚唐本呈中衰之象，宋代繼起，這種情形仍未大變。宋初的作者如楊億劉筠等都承五代的流風，以浮靡侈麗相高。用是希慕韓柳的作者如柳開，石介，穆修，尹洙等遂起而爲復古運動。石介的態度尤爲激烈，作怪說以詆訶楊億。這些作者雖以才微言輕之故沒有十分昭著的成績，但對於後來的歐蘇諸大家，他們實是個開路先鋒。

經過了柳，石，穆，尹諸人的努力，到慶歷以後，宋「古文」便達到馳的全盛時代。此時的作者極多，而負古今盛名，可與唐代韓柳並稱的則有下述的六位：

首先講到歐陽修，他的事蹟已詳前。他在早年也不是韓柳的信徒，後官洛陽與尹洙諸人遊，方致力於『古文』。爲人喜奬掖後進，如蘇洵父子，王安石，曾鞏等皆受過他的提攜。且於知貢舉時痛抑『鈎章棘句』的文風。故對於『古文』的功績，在宋代作家中，是無人可與他比的。其所自作則『紆徐委備』，『條達疏暢』，近唐李翺。如吉州學記，豐樂亭記，醉翁亭記等皆其文之著稱者。

蘇洵（1009—1066）字允明，眉山人。年二十七始發憤爲學。因應試不第，遂焚舊作，致力經子。至和嘉祐間，與二子軾轍同至京師，韓琦奏於朝，除祕書省校書郎。至平中卒。他的作品以權書與衡論爲最著，其作風簡嚴而廉悍，有西漢賈誼風範。

曾鞏(1019—1083)字子固，南豐人。嘉祐進士。歷知齊，襄，洪，福，明，亳諸州，所至皆有惠政。後拜中書舍人，年六十餘卒。他的作風以典雅質實見長，而時嫌平庸。如戰國策目錄序，宜州黃州二學記皆可爲例。

王安石（1021—1086）字介甫，臨川人。慶歷初舉進士，歷任舒州通判與度支判官等職。熙寧初，官至參政，行青苗，均輸等新法。後以物議沸騰，新法亦未收何功效，遂罷相出守江寧。是後屢進屢退，元祐初卒，諡曰文。他的作風簡健峭深，頗似其爲人，其中以書刺客傳後，上仁宗皇帝書等篇最稱傑作。

蘇軾的事蹟已詳前。他是北宋「古文」家中才氣最爲縱橫的一個，所以他的散文也兼有諸家之長。大抵他的飄忽變化處似莊子，雄俊明快處似賈誼，圓轉周到處似陸贄。「吾文如萬斛泉源，不擇地而出」，這是他的自白，也是他的作品的定評。其文的佳者頗多，而上皇帝書，韓文公廟碑，石鐘山記，策略，赤壁賦等尤爲人所傳誦。

蘇轍(1039—1112)字子由，洵子，軾弟。嘉祐初舉進士，累官御史中丞，尚書右丞，門下侍郎等職。徽宗時致仕，築室於許，號潁濱遺老，卒謚文定。他的作風與洵軾並異，『精該沈著』是其特長。如上樞密韓太尉書，乞誅呂惠卿狀，爲兄軾下獄上書等皆甚著稱。

此六人中以歐陽修，王安石，蘇軾爲最傑出，蘇洵，蘇轍，曾鞏次之，北宋中年以降的文壇就賴他們這六位支撑着。

南渡而後，文風漸衰。對於此時的作者，我們選述朱熹與陳亮二人。

先敍『道學派』的鉅子朱熹。朱熹（1130—1200）字元晦，婺源人，紹興時進士。歷事高，孝，光，寧四朝，累官轉運副使，煥章閣待制，秘閣修撰，寶文閣待制。慶元中致仕，尋卒。他是曾鞏的崇拜者，所以他的散文也以醇厚典雅見長，毫不矜才使氣。如黃州州學二程先生祠記，臥龍菴記，答陳同甫書，與陳侍郎書，乞加封陶威公狀等文皆然。

次論「功利派」的鉅子陳亮。陳亮（1140？—1193？）字同甫，永康人，爲人「才氣超邁，喜談兵」。隆興淳熙中，一再上書論國事。紹熙四年，光宗親策進士，擢他爲第一人，授僉書建康府官廳事，未到官而卒。他頗喜歐陽修文，而作風則與歐異。雄肆奔放是其特點，其勝處往往上接賈誼，近追蘇軾。至其代表作則有上孝宗皇帝書，中興五論等。

*　　*　　*　　*　　*

金元兩代雖皆以異族入主中國，但其文風却是因襲宋人。金代作者首推趙秉文與元好問，元代作者首推姚燧與虞集。

趙秉文(1159—2132)字周臣，滏陽人。大定進士。興定初，累拜禮部尚書。

哀宗卽位，改翰林學士，尋卒。他對金文的功績，便是借了取士的機會，矯正當時的文弊，故論者比之宋代的歐陽修。其作品，『長於辨析』，如中說，西漢論等皆如是。

元好問（1190—1257）字裕之，太原定襄人。興定進士，仕至尙書省左司員外郎。金亡不仕，元憲宗初年卒。他是金末的大詩人，同時又是位重要的散文家。其文如閑閑公墓銘與癸巳歲寄中書耶律公書等皆可當得『正大明達』，『無奇纖晦澁之語』的評語。

姚燧（1239—1314）字端甫，柳城人，至元七年被召爲文學，尋提舉陝西等路學校，除漢中道按察副使。至大初，官至太子太傅。延祐元年卒，諡文。燧文雄渾而奇倔，時有摹擬尙書的地方，其例如延釐寺碑與江漢堂記等。

虞集（1272—1348）字伯生，仁壽人。初從吳澄遊，大德時以薦授大都路儒學教授，文宗朝累遷奎章閣侍書學士，纂修經世大典。至元初卒，謚文靖。他的作風也很雄渾，但不尙奇倔。如曹南王世德碑，克復堂記等皆以著稱。

* * * * *

明人喜歡鬧黨爭，政治上如此，文學上也如此。由弘正至於啓禎，這百數十年的文學史大部分都給『唐宋派』與『秦漢派』的紛爭佔據了。對於這二百餘年的散文，我們選敍宋濂，李東陽，李夢陽，歸有光，李攀龍等五位重要的作者。

宋濂（1310—1381）代表的是明初散文。此時的重要作者凡三——宋濂，方孝孺，劉基——而宋濂的地位尤高。宋濂字景濂，浦江人。初受學於吳萊，柳貫，黃溍諸人，著書於龍門山。洪武初，太祖以書幣徵，命他任元史總裁官等職，累轉至翰林學士承旨，知制誥。後坐長孫愼一事貶茂州，至夔州卒。論者稱他的散文『雍容渾穆，如天閑良驥，魚魚雅雅，自中節度』，今讀其論中原檄，答章秀才論詩書等文，乃知這種批評是很中肯的。

李東陽（1447—1516）代表的是弘正時的『唐宋派』。此時爲『古文』的，李東陽外，有王鏊與吳寬等，但他們只是李東陽的羽翼而已。李東陽字賓之，茶陵人。天順初舉進士，累遷侍讀學士，晉禮部尚書，兼文淵閣大學士。正德時卒，諡文正。當永樂成化間，有所謂『臺閣體』產生。這類作品雖有『博大昌明』『雍容閒雅』之美，但其流弊則失於膚廓冗長。李東陽出，以『莽莽滔滔』的作風一洗這種陋習，故論者以他比唐時的燕許。其代表作爲再答鏡川先生及送屠元勳序。

李夢陽（1472—1529）代表的是弘正時的『秦漢派』。這派的作者在弘正時有所謂『七子』，而李夢陽爲之魁。李夢陽字天賜，更字獻吉，慶陽人。弘治初舉進士，授戶部主事。武宗時，以代草奏劾劉瑾，下獄免歸。瑾誅，起爲江西提學副使，後以事奪職。嘉靖時卒。他是明散文中『秦漢派』的創始者，主張文必秦漢，詩必盛唐。其才思頗爲雄駿。所作也雄奇高古，故一時學者多『翕然從之』，所可惜的是不免摹擬剽竊，致往往得漢唐的形似而失其精神。其差強人意者有鎮平府大輔國將軍墓誌及嘯台重修碑等。

歸有光(1506—1571)代表的是嘉靖時的『唐宋派』。李夢陽諸人的極端的復古的主張到嘉靖時已造成了一批反對黨，歸有光便是其中的最著稱的一個。歸有光字熙甫，崐山人。嘉靖十九年考進士，落第，遂退居安亭江上，講學著文，凡二十餘年。嘉靖四十四年舉進士，授長興知縣，有治績，隆慶初卒。對於當時的『秦漢派』，他反對最烈，在項思堯文集序中，斥之爲『妄庸人』。其所自作，頗多名篇，如李羅村行狀與趙汝淵墓誌等，論者至比之於韓歐。清代的『桐城派』對他尤極推重。

李攀龍（1514—1570）代表的是嘉靖時的「秦漢派」，與王世貞，謝榛，宗臣等號爲「後七子」。攀龍字于鱗，歷城人。嘉靖中舉進士，除刑部主事，歷郎中，出知順德府，升陝西提學副使，尋稱病歸鄉里。家居頗久，復出任河南按察使。隆慶初卒。他的才力殊富健，所作散文「斑駁陸離，如見秦漢間人」，惜乎「聱牙戟口」，讀者往往不能終篇，如送靳子魯出守穎州序及戲爲絕謝茂秦書即其例。

* * * * *

「古文」在清代頗爲發達，所謂「桐城派」者起淸初，訖淸末，前後約二百年，其支派又有「陽湖」，「湘鄉」等。「古文」而外，「駢文」的作者也頗有其人。玆於「古文」作者中選述方苞，劉大櫆，姚鼐，曾國藩，於「駢文」作者中選述陳維崧與「八家」。

我們自『桐城派』的始祖方苞敍起。方苞（1668—1749）字靈皋，桐城人。康熙四十五年舉進士，以母疾未釋褐遽歸。南山集禍作，他被牽連下獄，賴李光地營救得免死，尋拜武英殿總裁。乾隆初，官至禮部右侍郎。十四年卒。苞論學一以宋儒爲宗，論文則嚴於『義法』。其所自作如白雲先生傳，書删定荀子後，與常熟將相國論征澤望事宜書等，雖氣魄欠雄偉，而清遠舒徐，實足以自成一家。

爲方苞所推重而時代較晚的是劉大櫆。劉大櫆（1778—1980）字才甫，一字耕南，桐城人。少負盛名，然應試輒不遇。兩中順天副榜，乾隆時舉鴻博與經學，皆報罷。晚年官黟縣教諭。後歸樅陽不出。於先秦的著作中，他最喜莊子；於唐宋的作者中，他力追韓愈。其作品如胡孝子傳等，皆可代表他的成就。

繼劉大櫆而起的，是姚鼐。姚鼐（1731—1815）字姬傳，桐城人。乾隆中舉進士。選庶吉士，歷山東湖南副考官。四庫館開，爲纂修官。後歸里，主梅花，鍾山，紫陽，敬敷諸處講席，凡四十年。嘉慶時卒。他的文論是：『義理考據詞章三者不可闕一；義理爲幹，然後文有所附，考據有所歸』。因此，他的散文也是『理與文兼』，『粹然出於醇雅』，如李斯論與莊子章義序等皆然。

道咸之際，祖述姚鼐者以曾國藩爲領袖。曾國藩（1811—1872）字滌笙，湘鄉人。道光時舉進士，授檢討，累官禮部侍郎。洪楊之役，以軍功封侯，爲同治中興功臣第一。後以大學士督兩江，卒於官，謚文正。其作風深宏駿邁，如台洲墓表，金陵湘軍陸師昭忠祠記等皆可代表他這種優點。

清初的『駢文』家以陳維崧爲巨擘。陳維崧（1625—1682）字其年，宜興人。少以諸生負盛名。康熙中，舉鴻博，授檢討，尋卒。他的『駢文』導源於庾信，才力極爲富健。如周鷹垂詩集序與答周壽王書等，皆極穠艷蒼涼之致。

乾嘉之際『駢文』頗發達。此時的作者有所謂『八家』：袁枚（1716—1797）

字子才，錢塘人。邵齊燾（1718—1769）字荀慈，昭文人。劉星煒（1718---1772）字圖三，武進人。洪亮吉（1746—1809）字雅存，陽湖人。吳錫麒（1746--1818）字聖徵，錢塘人。孔廣森（1752—1786）字㧑軒，曲阜人。孫星衍（1753--1818）字伯淵，陽湖人。曾燠（1760—1813）字庶蕃，南城人。他們或希風潘陸，或追踪燕許，如曾燠的自題西溪漁隱圖後，洪亮吉的蔣清容先生冬青樹樂府序，吳錫麒的王葑亭給諫金陵雜詠序等，皆稱佳構。

故統觀近代八九百年的散文，我們不能不承認「古文」是此時期中最大的宗派，明代的「七子」與清代的「八家」皆非其敵手。「古文」源於唐，盛於宋，蔓延於元明清，到清末却成了個只具形式而沒有內容的東西了。不但散文，其他文體亦如此。「窮則變，變則通」，文壇上的革命終於爆發了。

第十九講終

第二十講　文學與革命

三千年來中國文學演變的大勢，我們已大略敘述過了。到了十九世紀中葉，國際資本帝國主義的勢力伸張到中國來，使中國成為他們商品的市場與投資的處所。因此，中國內部便發生類似產業革命的現象，社會的經濟基礎完全變動了。同時，上層構造也跟着動搖，推翻了舊的制度，思想，文藝，而創造起新的文化來。

文藝上的革新，當託始於晚清光宣之際。當時的士大夫們，模模糊糊的接收了點西洋文化，便打起「詩界革命」及「小說界革命」的旗號來。所謂「詩界革命」，其實只是在詩中用點新的名詞，如「喀私德」及「巴力門」等（見譚嗣同聽金陵說法），便自稱為「新學之詩」，而這種「詩」是與其「學」同樣的淺薄。

同時作者還有黃遵憲，夏曾佑，梁啓超等，其中黃遵憲的成績最好。梁啓超在飲冰室詩話中也說夏譚的作品『必非詩之佳者』，他主張在『新名詞』外還要有『新意境』及『新理想』，而他們中『能鎔新理想以入舊風格者』，則只有黃遵憲。但黃雖高於餘子，然想使文學史變色，則還差得很遠。至於『小說界革命』之說，則見於梁啓超的論小說與羣治之關係一文中。他以爲小說有四種力量：一是『熏』，二是『浸』，三是『刺』，四是『提』。因爲『小說有不可思議之力』，故無論你『欲新一國之民』，或『欲新道德』，『欲新宗教』，『欲新政治』，『欲新風俗』，『欲新學藝』，以至於『欲新人心』，『欲新人格』，你必須先『新小說』。他的結論是：『故今日欲改良羣治必自小說界革命始』。於是他便創辦新小說雜誌，一面翻譯外國小說，一面刊登他自己作的新中國未來記等。不久，商務印書館也發行繡像小說雜誌。這些作品，或許有一點西洋的影響，但要使文學史變色，也還差得很遠。總之，梁啓超們的時代，是個新舊交替，青黃不接的時代，還夠不上談文學的革命。

一九一一年十月十日，武昌的革命軍爆發了。無論從那一點上看來，這總是件中國史上劃時代的大事。過了五年，便有白話文學運動。又過了十年，便有無產文學運動。前者革了文學形式之命，後者革了文學內容之命。到了這個時代，中國文學史方大大的變了色，而跨入了另一個新的時代。

以下，我們依次敍述這兩種運動的基本理論及提倡經過情形。

* * * * *

我們先述白話文學運動。

一九一七年，胡適在新青年上發表一篇文學改良芻議，提出『文學者隨時代而變遷者也』的主張，以爲『以今世歷史進化的眼光觀之，則白話文學之爲中國文學之正宗，又爲將來文學必用之利器，可斷言也』。這是提倡白話文學的第一炮。除以白話代文言外，他還提出八種改良方法：一是『言之有物』，二是『不摹倣古人』，三是『講求文法』，四是『不作無病之呻吟』，五是『務去爛調套語』，六是『不用典』，七是『不講對仗』，八是『不避俗字俗語』——這叫做『八不主義』。這個運動的基本理論是文學的歷史進化觀念，胡適隨卽發表一篇歷史的文學進化觀念論，詳細闡明『一時代有一時代之文學』，主張『古人已造古人之文學，今人當造今人之文學』，而所謂『今人之文學』卽是『白話之文學』。翌年，他又發表一篇建設的文學革命論，揭出『國語的文學，文學的國語』十個字，並將『八不主義』改成『四條主張』：一是『要有話說，方才說話』，二是『有什麼話，說什麼話，話怎麼說，就怎麼說』，三是『要說我自己的話，別說別人的話』，四是『什麼時代的人，說什麼時代的話』。胡適的主張略盡於是當時贊成的人，實不在少數。陳獨秀接着發表一篇文學革命論，要「高張文學革命軍大旗」，幷且「大書吾革命軍三大主義」：一是「推倒琱琢的阿諛的貴族文學，建設平易的抒情的國民文學」，二是「推倒陳腐的舖張的古典文學，建設新鮮的立誠的寫實文學」，三是「推倒迂晦的艱澀的山林文學，建設明瞭的通俗的社會文學」。同時錢玄同，周作人，劉復等也都有聲援的論文或通信，發表於新青年上，而新青年遂成爲這個運動的中心。胡陳錢周劉等都是北京大學的教授，於是北京大學便成了這一派的大本營。自後，白話的書報蜂起，逐漸普遍到全國，統一了文壇。白話不但成爲文學的正宗，並且在中小學裏也替代了古文的地位。

但是反對的人也時時起來。首先是林紓，他寫信給北京大學校長蔡元培，說「大學爲全國師表」，而居然主張「行用土語爲文字」，那麽「凡京津之稗販皆可用爲教授矣」，這還了得！所以他要求蔡元培『爲國民端其趨向』。他還在新申報上發表一篇荆生，想像着有一位『偉丈夫』荆生來把田必美（指陳獨秀）金心異（指錢玄同）狄莫（指胡適）三人痛打一番。但他這種可笑的駁論自然毫無效果。後來有東南大學教授們創辦的學衡雜志，對白話文學運動痛加抨擊。嚴復給朋友寫信，也詆陳胡諸人爲『春鳥秋虫，聽其自鳴自止可耳』（見嚴幾道書札六十四）。章炳麟在上海講學，引史思明作詩的故事來挖苦白話詩人。章士釗復刊甲寅，也有不少指摘白話的文字。但是，我們敢說，這些開倒車的反對派，却正如『春鳥秋虫』一般，『自鳴自止』，毫無損於白話運動的成功。這成功的原因，陳獨秀在答適之論科學與人生觀裏說得最正確：

常有人說：白話文的局面是胡適之陳獨秀一班人鬧出來的。其實這是我們的不虞之譽。中國近來產業發達人口集中，白話文完全是應這個需要而發生的而存在的。適之等若在三十年前提倡白話文，祇需章行嚴一篇文章便駁得烟消灰滅。此時章行嚴的崇論宏議有誰肯聽？

* * * * *

其次，我們述無產文學運動。

白話文學運動是成功了，但是這個成功是有限制的。固然，十餘年來的詩歌，小說，戲劇，形式上都是白話的，然而內容上呢？內容上，說來可惜，還是千篇一律的風花雪月，佳人才子——雖然是歐化了的佳人才子。但是我們不但要求新的瓶，并且要求新的酒！這個新的酒的給予，却有待於無產文學運動。

無產文學運動的基本理論有二：一是歷史的唯物論，一是科學的美學。歷史的唯物論，乃是一種唯物的歷史觀。七十年前，歐洲有一位偉大的學者發表一部不朽的名著，他在序言裏自述其研究的結論，這一段結論曾獲得「唯物史觀公式」的尊稱。這個公式包含兩種學說，一是社會組織之經濟的說明，一是精神文化之經濟的說明。其中最傳誦的一句話是：「不是人類的意識決定人類的存在，倒是人類的社會的存在決定人類的意識」。科學的美學卽孕育在這一句名言中。蒲列罕諾夫（Plekhanov）是被稱爲這種美學的「開基人」的，他在其論文集二十年間的自序說他「所抱的見解，是社會的意識由社會的存在而被決定」。因此，他認爲「一切意識形態（以及藝術和所謂美文學）顯然是表現所與的社會或所與的社會階級（倘若我們以分了階級的社會爲問題之際）的努力和心情的」。與他抱有同一見解的學者，還有霍善斯坦因（Hausenstein），梅林格（Mehring），波格達諾夫（Bogdanov），弗理采（Friche）等。於是這種新興的藝術理論，日趨完密了。這個理論的必然的結果之一，便是無產文學的提倡。

這個運動託始於俄國革命。革命成功後，有無產文化協會的組織。一九一八年九月，協會第一次大會的決議案中，便有「無產階級以自己的階級藝術爲必要」的話。經過若干年的醞釀，黨的文藝政策遂於一九二五年七月正式披露。其間經過情形，我們不必在此細說。其波及中國，則在一九二五年以後。創造社等，是這個運動的首倡者。當時反對者與贊成者間的辯論，其熱烈的程度亦不下於白話運動時期。雙方的論文，具載於北新書局所編的中國文藝論戰中。在一九二八——三〇年中，這個運動的勢力是大極了。理論書籍及新興作品，整批整批的翻譯過來。所有的青年，都發狂般的接收這個新運動。作這個運動的中心的，團體有左翼作家聯盟，藝術劇社等，雜志有萌芽，拓荒者，創造月刊，太陽雜志等。從這個中心出發，幾乎震撼了全國。但不久便招了當局之忌，書店封閉了，團體解散了，雜志停刊了，書籍禁售了，整個的運動便壓到地下去了。但我們瞻望前途，却抱着無限的樂觀！

中國文學史簡編終